KEIN WEIHNACHTEN WIE DIESES

Impressum

1. Auflage, 2024

michelleschrenk@googlemail.com

Lektorat und Redaktion:
Susanne Jauss, jauss-lektorat.de

Covergestaltung:
Michelle Schrenk, @canva, www.canva.com

Porträt Michelle Schrenk:
Nathalie Majewski, namama-fotografie.com

MICHELLE SCHRENK

Kein Weihnachten wie dieses

Über die Autorin

Hinter der Autorin Michelle Schrenk steckt eine 1983 geborene Wassermannfrau, die es liebt zu träumen und es hasst, Zwiebeln zu schneiden. Schon immer widmete sie sich dem Erfinden von Geschichten und begann bereits im Grundschulalter damit, sie aufzuschreiben. Mit ihren gefühlvollen Liebesromanen hat sie sich nun ihren Traum vom Schreiben erfüllt. Sie ist überzeugt, dass es viele Wege zum Glück gibt, und hofft, ihren Lesern mit ihren Büchern ein wenig davon zu schenken.

Mehr über Michelle und ihre Bücher gibt's im Internet auf michelleschrenk.de sowie auf Facebook und Instagram:

Facebook: MichelleSchrenkAutorin

Instagram: michelle_schrenk_autorin

Folge Michelle auch auf ihrer Amazon-Autorenseite!

Für alle,
die an die Liebe glauben
und daran, dass es die Magie
der Geschichten
auch im wahren Leben gibt.

Wer zuerst kommt …

»Oh Mann, das gibt's doch nicht. Kaum fällt ein bisschen Schnee, kann niemand mehr Auto fahren«, fluche ich, während ich darauf warte, dass der Herr vor mir endlich seinen Wagen aus der Parklücke manövriert, die ich haben möchte. Ungeduldig trommele ich mit den Fingern aufs Lenkrad.

Warum bin ich nur so genervt? Tief durchatmen, das sollte doch mal drin sein. Aber es ist kurz vor Weihnachten, und obwohl ich diese Zeit eigentlich mag – eigentlich –, ist sie immer ziemlich stressig: Geschenke besorgen, einkaufen, alles organisieren … Und dann noch der Besuch bei meiner Familie, die ich wirklich liebe, aber der Gedanke daran, wie es da wieder ausarten wird, stresst mich bereits jetzt.

»Beweg dich doch mal«, murmele ich, als der Mann jetzt auch noch das Fenster an der Fahrertür herunterlässt, um sich mit einer Frau, die gerade vorbeikommt, zu unterhalten.

Durchatmen. Besinnlichkeit. Geduld …

»Ach, scheiß drauf«, knurre ich und drücke auf die Hupe. Die beiden werfen mir verwirrte Blicke zu. Ich gestikuliere wild, dass ich nun endlich in die Parklücke fahren möchte. Der Mann wirft die Arme in die Luft und unterhält sich dann in aller Ruhe weiter, als wäre nichts geschehen. Nach einer gefühlten Ewigkeit schließt er endlich das Fenster und lenkt sein Auto aus der Lücke – nicht ohne mir zu signalisieren, dass ich mich doch mal entspannen soll.

»Der kann mich mal«, schimpfe ich und trete aufs Gaspedal. Kaum bin ich bereit, in die Parklücke zu fahren, schießt plötzlich ein anderes Auto hinein. Mir bleibt der Atem weg. »Nein, nein, nein!«, rufe ich und schüttele fassungslos den Kopf. Das ist jetzt nicht wirklich passiert, oder?

»So ein verdammter …« Doch meine Flüche bleiben in der Luft hängen. Der Fahrer, ein Kerl in einem beigefarbenen Mantel mit Fellkragen, steigt lässig aus seinem Wagen und ignoriert mein Geschrei völlig.

Ich lasse das Seitenfenster herunter. »Sind Sie wahnsinnig?!«

Der Typ dreht sich um und klopft sich selbst auf die Brust. »Meinen Sie mich?«

»Ja, Sie! Ich warte schon ewig auf diesen Parkplatz, und Sie nehmen ihn mir einfach weg!«

Er wirft einen Blick auf sein Auto, dann auf seine Uhr und zuckt nur mit den Schultern. Ohne ein weiteres Wort geht er davon.

»Unfassbar«, brumme ich. Mein Puls rast. Es geht nur um einen Parkplatz, sage ich mir, aber wie kann man so dreist sein?

Ich seufze tief und lasse den Kopf auf das Lenkrad sinken. Warum muss immer alles schiefgehen? Schon am frühen Morgen fing dieser Tag katastrophal an. Meine Nachbarin Sabine klingelte mich um halb sieben aus dem Bett, um mich zu fragen, ob sie meine Pflanzen gießen soll, während ich über Weihnachten unterwegs bin. Dabei hatte ich ihr gestern ganz deutlich zu verstehen gegeben, dass ich mich bei ihr melde, bevor ich losfahre. Natürlich dachte ich, es sei etwas Dringendes, also sprang ich auf und stieß mir prompt den großen Zeh am Türrahmen an. Kurz darauf fiel mir die fast volle Kaffeetasse aus der Hand, und um das Ganze abzurunden, stand ich zwei Stunden lang im Stau. Ein toller Start in den Tag.

Und jetzt? Jetzt wollte ich noch kurz bei meiner alten Freundin Lene vorbeischauen, um ihren hübschen Laden zu bewundern: einen Laden für Backwaren, in den ein kleines Café integriert ist. Aber nein, dieser Mantelträger klaut mir den Parkplatz direkt vor der Nase weg.

Ich atme tief durch, setze den Wagen wieder in Bewegung und drehe eine weitere Runde. Unglaublich, wie voll es hier ist. Vermutlich wegen des Weihnachtsmarktes.

Eigentlich wollte ich in diesem Jahr das Weihnachtsfest genießen. Ich habe sogar rechtzeitig alle Geschenke besorgt – genauer gesagt besorgen lassen. Meine Kollegin Inge, die Weihnachten und den ganzen damit verbundenen Trubel liebt, hat das für mich übernommen und mir die Geschenke sogar bereits schön verpackt übergeben. Und dafür bin ich ihr sehr dankbar.

»Das habe ich doch gern gemacht, du alte Chaotin«, meinte sie, und ich spendierte ihr dafür auf dem Christkindlmarkt in München, wo ich lebe und als Lektorin in einem Verlag arbeite, zwei Glühwein.

Mein Job macht mir Spaß, doch zur Weihnachtszeit herrscht immer besonders viel Stress. In diesem Jahr ist der Grund dafür vor allem Lukas Herzberg – ein Autor, der beleidigt ist, weil ich angeblich seinen Weihnachtsroman, der nächstes Jahr bei uns erscheinen soll, nicht verstanden habe. Nun weigert er sich, den Vertrag mit dem Verlag zu unterschreiben.

»An Weihnachten haben doch alle ein weiches Herz«, sagte daraufhin mein Chef Herr Jörgens. »Bringen Sie ihm zu Weihnachten ein Geschenk, dann wird er schon unterschreiben.«

Na klar. Und deswegen bin ich also am Tag vor Heiligabend unterwegs nach Hinteregg, einem kleinen, abgelegenen Dorf in den Bergen, irgendwo am Ende der Welt. Dort soll ich Herrn Herzberg besänftigen, der offenbar in diesem Nest das Weihnachtsfest verbringt. Und da Winterberg, die Kleinstadt, in der Lene seit gut einem Jahr lebt, auf dem Weg dorthin liegt, habe ich spontan beschlossen, ihr einen kurzen Besuch abzustatten.

Als ich zum dritten Mal die Runde drehe, entdecke ich endlich wieder eine freie Parklücke. Erleichtert will ich hineinfahren, doch da taucht eine ältere Dame mit ihrem Rollator auf und trottet seelenruhig quer über meinen Parkplatz. Das ist doch nicht ihr Ernst? Warum bleibt sie denn nicht auf dem Gehsteig? Das ist doch viel ungefährlicher für sie.

In der Mitte der Parklücke angekommen, hebt sie den Kopf, sieht zu mir und lächelt dann. Ich setze ebenfalls ein Lächeln auf - ich bin ja freundlich zu meinen Mitmenschen, zumindest zu den meisten von ihnen - und winke ihr zu, in der Hoffnung, sie kapiert, dass sie bitte möglichst bald den Parkplatz frei machen soll, bevor mir womöglich noch Mantelträger 2.0 zuvorkommt.

Endlich hat sie die Parklücke verlassen und macht sich nun daran, hinter meinem Auto die Straße zu überqueren, doch das ist mir in diesem Augenblick egal. Hauptsache, ich bekomme jetzt endlich einen Parkplatz. Mit Schwung fahre ich hinein, schalte den Motor aus und klopfe vor Freude und Erleichterung mit beiden Händen auf das Lenkrad. Geschafft! Diese Parkplatzsuche hat mich fast in den Wahnsinn getrieben.

Ich nehme meine Handtasche vom Beifahrersitz und steige aus. Brr, ist das kalt. Skeptisch blicke ich in den grauen, wolkenverhangenen Himmel. Ich hoffe, der Schnee, der vorhergesagt ist, lässt noch so lange auf sich warten, bis ich alles erledigt habe und bei meiner Familie angekommen bin. Es ist doch so: Kaum rieselt ein bisschen Schnee vom Himmel, bricht auf den Straßen das Chaos aus.

Glücklicherweise ist Lenes Laden nur ein paar Schritte entfernt, und ich brauche dringend einen Kaffee. Und Kekse – ihre berühmten Weihnachtskekse, die angeblich Wünsche wahr werden lassen, zumindest ist sie selbst davon überzeugt.

Auf halbem Weg bleibe ich abrupt stehen. Habe ich das Auto auch wirklich abgeschlossen? Sicherheitshalber gehe ich ein paar Schritte zurück und drücke noch einmal auf den Schlüssel. In diesem Moment werde ich von einem harten Gegenstand getroffen. Eine Kiste fällt neben mir auf den Boden, begleitet von einer ganzen Tirade an Flüchen.

Natürlich, es ist der Typ mit dem beigefarbenen Mantel. »Können Sie nicht aufpassen?«, schnauzt er mich an.

»Der schon wieder«, brumme ich vor mich hin und rufe dann lauter zurück: »Ich soll aufpassen? Sie sind doch in mich hineingelaufen und haben mir zudem noch meinen Parkplatz geklaut!«

Er sieht mich überrascht an. »Was?«, fragt er nur und geht in die Hocke, um die Kiste aufzuheben.

»Das heißt ›wie bitte‹«, betone ich, ganz die Lektorin.

»Das mag schon sein, aber ich war zuerst da. Wer zuerst kommt, mahlt zuerst.«

»Ach ja?« Entrüstet stemme ich die Hände in die Hüften. »Ich war zuerst da, und Sie sind einfach dreist in die Parklücke gefahren. In *meine* Parklücke.«

»Das war doch nur, weil ich etwas ausladen musste.« Er öffnet die Kiste, und nachdem er einen Blick hineingeworfen hat, wirkt er sichtlich erleichtert. Er zeigt mir sogar die Weihnachtsdekorationen, die sich darin befinden und offen gestanden recht wertvoll aussehen. »Da haben Sie noch mal Glück gehabt, das wäre teuer geworden«, meint er.

Als Antwort verdrehe ich nur die Augen.

»Wie wäre es mit einer Entschuldigung?«, fragt er nun, während er sich aufrichtet.

»Ich soll mich entschuldigen? Weil Sie schneller einparken können als ich?«

»Ja, warum nicht?«

»Ich sage nur, Hochmut kommt vor dem Fall. Das Karma regelt alles, Sie werden schon sehen. Und wie Sie es sehen werden«, entgegne ich wütend und schnaube leise.

Er mustert mich herausfordernd. »War das eine Drohung? Karma und so? Also wirklich.«

»Vielleicht.«

»Na dann, wir werden es ja sehen.« Grinsend tippt er sich an die Schläfe, als würde er salutieren, dann hebt er seine Kiste hoch und verschwindet damit in der Menschenmenge.

So ein Idiot. Kopfschüttelnd sehe ich ihm noch kurz hinterher, ehe ich mich schließlich auf den Weg zu Lenes Laden mache.

Karma und schlimme Worte

Als ich eintrete, klingelt das Glöckchen über mir an der Ladentür, und ein zarter Duft nach Schokolade, Zimt und Vanille steigt mir in die Nase.

Staunend sehe ich mich um. Der Laden ist gut besucht. In einer Ecke des Verkaufsraumes steht ein wunderschön geschmückter Weihnachtsbaum mit bunten Lichtern und glitzernden Kugeln, in einer anderen hat Lene eine Spielecke für Kinder eingerichtet. Sie selbst winkt mir von der Theke aus fröhlich zu, bevor sie eilig zu mir herkommt und mir um den Hals fällt.

»Oh mein Gott, wie schön, dich zu sehen«, ruft sie, und wir umarmen uns fest. »Bist du gut durchgekommen? Ich weiß ja, wie der Verkehr von München hierher sein kann.«

Ich lächle. »Da sagst du was. Es war das reinste Chaos, aber hier ist es ja auch nicht viel besser. Vor allem mit den Parkplätzen. Ich musste dreimal die Runde drehen, bis ich endlich einen gefunden hatte. Und dann war da so ein Kerl …« Ich winke ab. »Ach, lassen wir das, sonst ärgere ich mich nur noch mehr, und dafür ist mir die Zeit bei dir zu schade.«

Lene nickt und streicht sich eine Haarsträhne aus dem Gesicht. »Das erzählst du mir bei anderer Gelegenheit mal. Aber das Parkplatzproblem nervt wirklich, besonders während des Weihnachtsmarkts. Und heute kommt dort auch noch das Christkind. Da drehen alle ziemlich am Rad.«

Während ich mit ihr zum Tresen gehe, lasse ich meinen Blick noch einmal durch den Laden wandern. »Wow, du hast hier echt was Tolles auf die Beine gestellt. Ich folge dir ja auf Instagram, aber es hier in echt zu sehen, ist noch mal was ganz anderes.«

Bei meinem Lob beginnt Lene zu strahlen. »Danke. Ich kann es selbst kaum glauben, und ich liebe es. Also, was kann ich dir Gutes tun?«

»Ein Kaffee wäre super. Und welche Kekse empfiehlst du? Ach, und nur mal so nebenbei: Ich hätte nichts gegen ein paar Wunder in meinem Leben, auch wenn ich nicht wirklich an diese Sache mit deinen Wunschkeksen glaube«, sage ich lachend und setze mich auf einen der Barhocker vor dem Tresen.

Lene stellt eine Tasse unter die Kaffeemaschine. »Glaub mir, ich war auch skeptisch, aber Wünsche können sich wirklich erfüllen. Du musst nur wissen, was du dir wünschst.«

Ich überlege ganz kurz. »Wie wäre es mit ein bisschen Ruhe? Keine chaotischen

Überraschungen, einfach eine entspannte Weihnachtszeit.«

»Ich weiß nicht, ob dieser Wunsch machbar ist.« Lene wendet sich einer Kundin zu, die gerade den Laden betreten hat und sich neben mich an die Theke gestellt hat. Ich bewundere sie, wie sie das alles hier managt. Mit ihrem kleinen Sohn Felix hat sie als alleinerziehende Mutter vor einem Jahr einen kompletten Neustart gewagt und jetzt sogar das Glück in der Liebe gefunden – mit Josh.

Nachdem sie die Kundin bedient hat, serviert Lene mir meinen Kaffee. Neugierig schnuppere ich daran. »Das riecht ja himmlisch. Was ist da drauf?«, will ich wissen.

»Zimt und ein bisschen Vanilleschaum. Genieße es. Und hier deine Wunschkekse – in Sternform. Du weißt ja, wenn man sie isst und sich dabei etwas wünscht, geht es in Erfüllung.« Sie stellt einen Teller mit Weihnachtsplätzchen vor mich hin und zwinkert mir zu.

Ich nehme mir einen der Kekse und betrachte ihn skeptisch. »Also gut, wenn das wirklich funktionieren soll, dann wünsche ich mir, dass dieser störrische Autor endlich den Vertrag unterschreibt, damit ich Weihnachten in Frieden genießen kann. Und dass es doch noch ein gutes Fest wird.«

Lene lacht. »Na, das ist doch mal ein klarer Wunsch! Jetzt iss den Keks, und vielleicht erfüllt sich dein Wunsch dann schneller, als du denkst.«

Ich beiße in den Keks und grinse. »Und? Verwandelt sich mein störrischer Autor jetzt in ein freundliches Weihnachtswunder?«

»Wer weiß. Manchmal begegnet einem die Magie, wo man sie am wenigsten erwartet«, erwidert Lene vielsagend.

Ja, von wegen.

Die Türglocke klingelt erneut, und ein Mann tritt ein – groß, sportlich, mit unglaublich blauen Augen. Er geht direkt zu Lene und gibt ihr einen Kuss auf den

Mund. »Na, alles okay hier? Ich dachte, ich komme in meiner Pause rasch bei dir vorbei.«

Lene wird leicht rot. »Das ist mein Schatz Josh«, stellt sie ihn mir vor. »Josh, das ist Luna, meine Freundin aus München.«

»Du siehst ja noch besser aus als auf den Fotos«, entfährt es mir spontan.

Lachend reicht er mir die Hand und setzt sich neben mich. »Das freut mich. Willkommen in Winterberg.«

»Danke, ich bin allerdings nur für einen kurzen Besuch hier. Ich habe eine kleine berufliche Mission vor mir, aber ich musste unbedingt Lenes Laden sehen und natürlich ein paar von diesen besonderen Keksen probieren – wenn sie schon Wunder bewirken. Ich könnte jedenfalls gerade eines gebrauchen.«

»Ja? Warum das denn?«

»Ach, ihr kennt doch auch solche Tage. Man steht auf, und alles geht schief.« Ich erzähle den beiden, wie mein Tag bisher verlaufen ist. Lene bedient zwischendurch einige Kunden, während ich ihr und Josh in allen Einzelheiten von dem Autorendrama mit Lukas Herzberg berichte. »Wirklich, so habe ich mir das nicht vorgestellt. Wie kann man nur so beleidigt sein? Und warum muss ich das jetzt hinbiegen? Ach, und dann hat mir vorhin so ein Kerl den Parkplatz direkt vor der Nase weggeschnappt. Ich brauche dringend gute Laune«, sage ich und nehme einen Schluck von meinem Kaffee.

»Na dann, lass es dir schmecken.« Lene lächelt mir aufmunternd zu.

Während ich den Kaffee trinke und die angeblichen Wunschkekse genieße, breitet sich langsam ein warmes Gefühl in mir aus. Vielleicht wird der Tag doch noch ganz okay. Ich werde das schon hinkriegen. Irgendwie werde ich Herrn Herzberg überzeugen. Ja, genau das wünsche ich mir.

»Die Kekse sind echt richtig gut«, sage ich, und Lene strahlt vor Stolz.

»Das freut mich. Ich sage es dir, mit diesen Keksen ist alles möglich.«

»Ja, damit hat sie mich damals um den Finger gewickelt«, erzählt Josh schmunzelnd, worauf Lenes Gesichtsfarbe eine Spur dunkler wird.

»Nur mit den Keksen?«, necke ich sie.

»Und mit vielen anderen Dingen auch.« Josh sieht sie zärtlich an. Die beiden sind wirklich ein süßes Paar.

»Wie lange kannst du denn bleiben?«, möchte Lene nun von mir wissen.

»Ich denke, ich werde in einer halben Stunde aufbrechen.«

»Ach, schade. Der Weihnachtsmarkt hier ist wirklich was Besonderes. Ich habe eigentlich gehofft, dass wir zusammen einen kleinen Abstecher dorthin machen könnten.«

»Das wird leider nicht möglich sein. Ich muss ja noch in dieses merkwürdige Dorf zu diesem noch merkwürdigeren Autor. Hoffentlich zieht sich die Sache nicht allzu lange hin.«

In diesem Moment klingelt Lenes Handy. Sie nimmt es schnell aus ihrer Schürze. »Mama? Alles okay?«, fragt sie, und ihre Miene verändert sich schlagartig. »Oh nein, das ist ja Mist.« Besorgt blickt sie zu Josh. »Mama hat eine Autopanne. Sie war mit Felix auf dem Faberhof bei den Rehen. Jetzt ist das Auto liegen geblieben, und Felix hat sich auch noch übergeben. Ich muss sofort hinfahren.«

Josh steht auf. »Ich begleite dich. Vielleicht kann ich euch mit dem Wagen helfen. Ich gebe nur kurz meinem Chef Bescheid, dass ich wegen eines Notfalls später aus der Pause zurückkomme.«

Lene wirkt ausgesprochen erleichtert. »Das ist voll lieb von dir. Aber was mache ich mit dem Laden?« Sie scheint kurz zu überlegen und sieht mich dann verzweifelt an. »Ich traue mich kaum, das zu fragen, ich weiß ja, dass du ebenfalls noch zu tun hast und weitermusst, aber … Es wäre super, wenn du hier die Stellung halten könntest, bis wir zurück sind.«

Spontan nicke ich. »Klar, ich helfe dir gern aus. Was muss ich machen?«

Lene erklärt mir schnell, wie der Laden läuft und was demnächst ansteht. »Es werden noch drei Bestellungen abgeholt. Du müsstest sie den Kunden einfach nur aushändigen und abkassieren. Keine Sorge, der Preis steht auf den Kartons. Dazu kommt eben noch die Laufkundschaft, das hast du ja gerade schon mitbekommen.«

Glücklicherweise habe ich während meines Studiums in München ein paar Semester lang in einem Café gearbeitet, sodass hier nicht alles komplett neu für mich ist. Das werde ich bestimmt hinbekommen. Lene soll sich jetzt um ihren Sohn und ihre Mutter kümmern. »Geh ruhig«, sage ich zu ihr. »Ich bleibe hier, bis du wiederkommst.«

Sie umarmt mich. »Ich bin so schnell zurück, wie es nur geht. Danke dir schon mal von Herzen.« Schließlich verlässt sie gemeinsam mit Josh den Laden.

Während ich hinter der Theke stehe und gespülte Kaffeetassen aufräume, gehe ich in Gedanken noch einmal die drei Bestellungen durch, die ich gleich den Kunden aushändigen muss. Eine ist für Familie Herrmann, die andere für eine Frau Fiegl und die dritte für Herrn Bergmann.

Ich darf die Bestellungen ja nicht verwechseln, das hat Lene mir mehrmals gesagt, denn Herr Bergmann ist allergisch gegen Nüsse und darf auf keinen Fall Gebäck mit Nüssen bekommen. Zur Sicherheit hat sie auch noch entsprechende Zettel auf die Pakete gelegt.

Nachdem ich meine erste Kundin bedient habe, bin ich froh, dass alles reibungslos gelaufen ist. Trotzdem bin ich innerlich nervös. Ich möchte ja alles richtig machen.

Schon öffnet sich die Ladentür erneut, und eine Frau mit grauen Haaren tritt ein. »Ach, ein neues Gesicht. Ist Lene gar nicht da?«, fragt sie neugierig.

»Ich bin nur kurz eingesprungen, weil sie etwas erledigen muss«, erkläre ich lächelnd.

»Na dann, ich möchte eine Bestellung abholen. Mein Name ist Fiegl.«

Ich atme erleichtert auf. »Fiegl, alles klar, die habe ich gleich hier.« Ich drehe mich zur Wand hinter der Theke um, wo Lene die Kartons mit den Bestellungen bereitgestellt hat, nehme den Karton, auf dem der Zettel mit dem Namen Fiegl liegt, und reiche ihn der Kundin.

»Wunderbar, danke. Was bekommen Sie von mir?«

»47,95 Euro.«

Sie zückt einen Fünfzig-Euro-Schein. »Der Rest ist für die Kaffeekasse.«

Ich werfe zwei Euro und fünf Cent in die Spardose, die auf dem Tresen steht und die Form eines Tannenbaums hat, und wünsche der Kundin ein schönes Weihnachtsfest.

Als sie den Laden verlässt, kommt ihr eine andere Frau entgegen. Sie hält Frau

Fiegl die Tür auf, weil diese mit ihrem Karton keine Hand frei hat. Und dann passiert es: Ein heftiger Windstoß fegt durch den Laden, und plötzlich fliegen die Zettel, die auf den beiden noch übrigen Bestellungen liegen, zu Boden.

»So ein Mist!«, fluche ich leise und sehe ein wenig verschämt zu der Frau auf, die gerade eingetreten ist und jetzt vor mir an der Theke steht.

»Na, na, na. Wer wird denn in der Weihnachtszeit fluchen?«, fragt sie und legt eine Packung Plätzchen auf den Tresen.

Ich kassiere sie ab und bin froh, als sie den Laden gleich wieder verlässt. Sobald die Tür ins Schloss gefallen ist, gehe ich schnell in die Hocke, um die beiden Zettel aufzusammeln. Okay, dieser Karton hier müsste für Herrmann sein. Oder war es Bergmann? Ohne Nüsse, das war doch für Herrn Bergmann. Oder nicht?

Ein Räuspern hinter mir lässt mich aufschrecken. Ich wende mich rasch um – und blicke in die blauen Augen des Mantelträgers von vorhin. Na toll.

»Oh, Sie schon wieder«, bemerkt er nur.

Etwas spitz erwidere ich: »Dasselbe könnte ich auch sagen.«

»Na ja, wie auch immer, ich möchte eine Bestellung abholen. Mein Name ist Bergmann.«

Bergmann – das müsste dieser Karton hier sein. Ich reiche ihn dem Typ über den Tresen. Er öffnet ihn, um den Inhalt zu überprüfen, greift nach einem Plätzchen und beißt sofort hinein.

»Ähm, das macht dann 42,50 Euro«, sage ich unsicher.

»Gut. Und, haben Sie sich inzwischen wieder beruhigt?«, fragt Herr Bergmann mit einem spöttischen Grinsen, während er sein Portemonnaie zückt.

»Warum sollte ich? Sie haben mir doch den Parkplatz geklaut.«

»Und Sie haben mich verflucht.« Ganz plötzlich verschwindet sein Grinsen. Er legt das Plätzchen zurück in den Karton, keine Sekunde später wird sein Gesicht knallrot, und auf seiner Haut bildet sich eine Unmenge kleiner Pusteln.

»Geht es Ihnen gut?«, frage ich besorgt.

Er ist nicht mehr fähig, mir eine Antwort auf meine Frage zu geben, denn nun beginnt er, so stark zu husten, dass er kaum Luft bekommt.

Auf einmal dämmert es mir. Die Lieferung ohne Nüsse. Die war doch für Familie Herrmann, oder? Oh nein. Jetzt bin ich mir sicher, dass sie für Herrn Bergmann bestimmt war.

Erschrocken fasse ich ihn an der Schulter. »Sind Sie etwa allergisch gegen Nüsse?«

Er nickt hektisch und deutet auf seinen Rucksack.

»Was soll ich tun?«, rufe ich panisch.

»Notfall ... Spritze«, presst er zwischen zwei Hustenattacken hervor.

Hektisch durchwühle ich seine Tasche und finde darin ein kleines Notfallset mit einer Spritze. »Ich weiß aber nicht genau, wie das geht«, stammele ich.

Er muss mittlerweile so geschwächt sein, dass er, noch immer permanent hustend, einfach auf den Boden sinkt und dort liegen bleibt.

Genau in diesem Moment stürmt Josh in den Laden. »Was ist denn hier los?«

»Er hat eine allergische Reaktion!«, rufe ich aufgeregt.

Im Gegensatz zu mir bleibt Josh ruhig und überblickt die Situation sofort. Er nimmt die Spritze aus dem Notfallset und verabreicht Herrn Bergmann das Medikament. Oh Gott, was für ein Glück!

»Ruf bitte den Notarzt«, sagt Josh zu mir, während er seine Jacke auszieht und den Mann damit zudeckt. Dann streift er sich auch noch sein Shirt vom Körper, rollt es zusammen und schiebt es Herrn Bergmann unter den Kopf.

Mit zitternden Händen wähle ich die Nummer des Notarztes und schildere den Vorfall. Die Frau am anderen Ende der

Leitung verspricht mir, sofort Hilfe vorbeizuschicken.

Kurz darauf kommt auch Lene herein. »Was ist denn hier los?«, fragt sie entsetzt.

»Er hat eine allergische Reaktion«, erklärt Josh ruhig, während Herr Bergmann allmählich wieder zu sich kommt.

»Wie ist denn das passiert?«, will Lene wissen, und ich muss schlucken.

»Ich ... ich habe ihm den falschen Karton gegeben. Das war keine Absicht«, stammele ich verzweifelt. »Ein Windstoß hatte die Zettel durcheinandergeweht und ...«

»Umbringen wollte sie mich«, kommt es nun ganz schwach von Herrn Bergmann.

Ich blicke ihn entgeistert an. »Was? Nein! Natürlich nicht!«

»Sie hat mir mit dem Karma gedroht, und dann das«, murmelt er und richtet sich langsam auf.

In der Ferne ertönt das Martinshorn, und wenig später trifft der Notarzt ein, gefolgt von zwei Sanitätern.

»Ich habe ihm bereits etwas aus seinem Notfallkit gegeben«, erklärt Josh dem Arzt, der sich nun Herrn Bergmann zuwendet.

»Sehr gut. Wie fühlen Sie sich jetzt?«

»Besser«, antwortet dieser. Er klingt noch etwas schwach, macht aber insgesamt einen viel besseren Eindruck als noch vor wenigen Minuten.

Der Notarzt klemmt ihm etwas an den Finger. »Was haben Sie gegessen?«

»Nüsse. In einem Plätzchen.«

»Warum essen Sie ein Plätzchen mit Nüssen, wenn Sie wissen, dass Sie so heftig darauf reagieren?«, fragt einer der Sanitäter.

Herr Bergmann deutet auf mich. »Das war sie.«

»Es war keine Absicht!«, verteidige ich mich.

»Wie auch immer, jedenfalls scheinen Sie stabil zu sein«, stellt der Arzt fest. »Ich würde Sie vorsichtshalber trotzdem gern zur Beobachtung ins Krankenhaus bringen. Wenigstens bis heute Abend.«

Die beiden Sanitäter hieven Herrn Bergmann auf die Trage, die sie inzwischen geholt haben, und transportieren ihn nach draußen.

Lene, die an der Ladentür wartet, lächelt ihn freundlich an. »Was passiert ist, tut uns sehr leid. Ich hoffe, Sie können uns diesen unseligen Vorfall verzeihen.«

Statt ihr eine Antwort zu geben, blickt er zu mir. »Mal sehen, was das Karma jetzt mit Ihnen macht. Frohe Weihnachten.«

Seine Worte treffen mich tief. »Das war keine Absicht!«, rufe ich ihm nach, während die Sanitäter ihn bereits in den Krankenwagen schieben, der draußen vor dem Laden steht.

»Ach herrje«, murmelt Lene besorgt. »Hoffentlich geht das gut aus.«

In diesem Augenblick betritt eine Frau mittleren Alters mit einem kleinen Jungen an der Hand den Laden. Es ist Lenes Mutter – ich erkenne sie sofort wieder, obwohl wir uns lange Zeit nicht gesehen haben. Wie immer trägt sie pinkfarbenen

Lippenstift. »Was ist denn hier passiert?«, will sie wissen. »Wurde jemand ermordet?«

Bei dem Wort *ermordet* wird Felix, Lenes kleiner Sohn, hellhörig. »Ermordet?«, fragt er neugierig.

»Nein, natürlich nicht!« Lene winkt lachend ab. »Das da draußen ist ein Krankenwagen, kein Leichenwagen.«

»Was ist denn ein Leichenwagen?«, bohrt Felix weiter.

Lenes Mutter antwortet anstelle ihrer Tochter: »Damit werden die Toten transportiert, Junge.«

»Mama!«, ruft Lene entsetzt.

»Jaja, schon gut.« Ungeduldig wedelt sie mit der ebenfalls pink manikürten Hand. »Was ist denn jetzt wirklich passiert?«

Da bricht es aus mir heraus: »Es ist alles meine Schuld! Ich hätte noch mal nachfragen sollen. Aber ich war so überfordert. Ich war allein im Laden, die Zettel auf den Kartons sind durcheinandergeraten und …« Ich atme tief ein und aus. »Wahrscheinlich will das Karma mich auf diese Weise bestrafen.«

»Warum das?« Lene sieht mich fragend an.

»Ach, der Mann hatte mir zuvor den Parkplatz geklaut und mich so überheblich behandelt. Und jetzt unterstellt er mir, ich wollte ihn umbringen«, erkläre ich frustriert. »Dieser Tag ist eine einzige Katastrophe!«

»Umbringen? Hat er das gesagt?« Lenes Mama schüttelt den Kopf. »Was für ein Idiot!«

»Mama!« Entrüstet stemmt Lene die Hände in die Hüften, dann wendet sie sich sofort ihrem Sohn zu. »Felix, das ist ein schlimmes Wort, hörst du?«

Der Kleine grinst nur.

Erst jetzt wird mir so recht bewusst, was ich angerichtet habe – und was alles hätte passieren können. Nicht auszudenken, wenn Josh nicht im richtigen Augenblick zurückgekommen wäre. »Ich wünschte mir so sehr, dass dieser Tag schon vorbei wäre«, schluchze ich.

»Hör zu.« Lene streicht mir beruhigend über den Arm. »Willst du wirklich heute noch zu diesem Autor weiterfahren? Du kannst bei uns übernachten. Das Sofa in unserem Wohnzimmer ist jederzeit bereit für einen Gast.«

Ich nicke dankbar. »Vielleicht hast du recht, und ich sollte heute nicht mehr Auto fahren.«

»Gut, dann machen wir uns einen schönen Abend. Wie wäre es mit einem Punsch?«, schlägt Lene vor.

»Aber nur ein Glas.«

Oh Mann, das war also mein Start in das Weihnachtsfest: Ich habe beinahe jemanden umgebracht, und das wegen eines Parkplatzes. Aber gut, vielleicht tut mir das Karma ja doch noch einen Gefallen. Und ich weiß auch schon genau, wie dieser aussehen sollte.

Wünsche können sich
wirklich erfüllen.
Man muss nur wissen,
was man sich wünscht.

Ich will daran glauben

»Na, jetzt siehst du doch schon viel besser aus«, meint Lene, als wir bei unserem Bummel über den Weihnachtsmarkt an einer der Buden stehen bleiben. Es ist bereits dunkel, die Lichter funkeln, und die Menschen um uns herum sind fröhlich und ausgelassen.

Wir haben gerade unsere zweite Runde Punsch in der Hand – alkoholfrei, versteht sich. Schließlich ist morgen Heiligabend, und da kann keiner von uns einen Kater gebrauchen, zumal ich auch noch eine Autofahrt und den Besuch bei diesem merkwürdigen Herrn Herzberg vor mir habe.

Eigentlich sollte ich das ja heute schon erledigen, doch das hier habe ich gebraucht, um mich zu sammeln. Ich habe das mit der vertauschten Bestellung doch wirklich nicht mit Absicht gemacht. Warum sollte das Karma mich also bestrafen?

»Schon verrückt manchmal, oder?«, frage ich und nehme einen Schluck Punsch. »Es gibt Tage, da hat man das Gefühl, alles geht schief.«

»Oh, da sagst du was«, stimmt Lene mir zu. »Als ich vor über einem Jahr hierhergezogen bin, hatte ich auch meine Zweifel, wie das alles werden soll. Ich hatte nicht geplant, alleinerziehend zu sein oder diesen Laden zu übernehmen. Aber irgendwie sollte es wohl so sein. Manchmal ahnt man nicht, welche Fäden gerade gesponnen werden. Besonders zur Weihnachtszeit. Sie ist romantischer, als man glaubt.«

Energisch schüttele ich den Kopf. »Romantisch? Bitte komm mir nicht damit. Diesem Autor mit seinem Kitschroman habe ich es doch letztendlich zu verdanken, dass ich in dieser Misere stecke.«

»Aber es ist doch so«, verteidigt Lene ihren Standpunkt. »In dieser Zeit geschehen ganz viele Wunder, und Wünsche werden wahr.«

»Ich habe mir sicher nicht gewünscht, dass dieser Kerl fast stirbt. Es ging mir nur darum, die Sache mit den Bestellungen richtig hinzubekommen. Doch jetzt sitze ich hier, dabei müsste ich längst den guten Herrn Herzberg bezirzt haben«, sage ich und muss wieder an die absurde Situation denken.

Lene lacht. »Okay, das wirkt jetzt erst mal alles nicht so optimal. Aber morgen wird es sicher gut gehen. Was hast du eigentlich gegen sein Buch?«

»Ich habe nichts dagegen, ich habe nur ein paar kritische Punkte angesprochen. Ach, das alles nervt so.«

»Das glaube ich dir, aber wer weiß schon, warum das passiert ist. Vielleicht hat es ja doch seinen Grund. Der Stern der

Weihnacht sieht alles, davon bin ich überzeugt.«

Skeptisch blicke ich Lene an. »Ja, genau. Wenn das stimmt, ist es ziemlich unheimlich.«

»Oder sehr schön.«

Ich seufze. »Etwas Schönes wäre jetzt auch mal gut. Ehrlich gesagt laufen die Dinge im Moment nicht so, wie ich sie mir für mein Leben vorgestellt habe. Die Trennung, der Job, in dem ich gefühlt nicht vorankomme, dieser nervige Autor …«

»Es wird sicher besser. Du fährst zu ihm, erledigst, was du tun musst, und dann wird sich alles fügen. Heute Nacht schläfst du dich erst mal aus. Morgen ist ein neuer Tag, es ist sogar Heiligabend.« Lene hebt den Daumen. Von ihrer Zuversicht würde ich mir gern ein Stück abschneiden.

»Mal sehen. So anspruchsvoll ist mein Wunsch ja nicht«, murmele ich.

Als wir das Haus, in dem Lene mit Josh und Felix wohnt, erreichen, lächelt sie mich warm an. »Alles wird gut, ganz sicher. Du legst dich jetzt ins Bett und träumst was Schönes.«

Während wir im Treppenhaus nach oben gehen, merke ich doch, wie sehr mich dieser Tag ermüdet hat. Ich gehe nur noch ins Bad, wasche mich und lege mich danach gleich ins Bett.

Eine Weile liege ich noch wach, und die Ereignisse des Tages wirbeln in meinem Kopf herum. Der Typ mit dem beigefarbenen Mantel, seine allergische Reaktion – es ist einfach zu verrückt. Aber vielleicht hat Lene recht, und alles wird gut. Morgen ist schließlich Weihnachten, also klappt das bestimmt. Hahaha, ich muss schon fast über mich selbst lachen.

Ja, morgen ist Weihnachten, und da wird mir gewiss kein weiteres Unglück passieren. Nein, ganz bestimmt nicht. Zumindest will ich für einen kurzen Moment daran glauben, ehe mir vor Müdigkeit die Augen zufallen.

Irgendwo im Nirgendwo

Am nächsten Morgen wache ich auf, und es dauert einen Augenblick, bis mir alles wieder einfällt. Heute ist Heiligabend. Ich bin viel zu spät dran und muss immer noch diesen störrischen Autor davon überzeugen, den Vertrag zu unterschreiben. Oh Gott. Höchste Zeit, dass ich aufstehe und zu ihm fahre.

Schnell schwinge ich die Beine aus dem Bett, ziehe mich an und verlasse das Haus so leise wie möglich. Es ist ganz still, Josh und Felix schlafen noch, während Lene sich schon in aller Herrgottsfrühe auf den Weg in ihren Laden gemacht hat. Dort herrscht heute an Heiligabend noch einmal Hochbetrieb. Sie war so nett und hat mir vorher noch einen Korb mit etwas Proviant hingestellt: eine Thermoskanne, zwei Flaschen Wasser und eine Dose mit Plätzchen. Ich nehme alles mit, gehe zum Auto und starte den Motor.

Es wird schon alles klappen, denke ich mir. Ich treffe mich mit diesem Autor, erledige meinen Auftrag und fahre dann sofort wieder zurück. So lautet mein Plan.

Nachdem ich Winterberg verlassen habe, stehe ich auf der Bundesstraße bald im Stau. Natürlich. Es ist Weihnachten, alle fahren zu ihren Familien - nur ich muss wegen dieses verdammten Sturkopfes in das kleine Dorf am Allerwertesten der Welt.

Ich werfe einen Blick auf die Uhr: viel zu spät. »Das gibt's doch nicht!«, fluche ich laut. Der Verkehr kriecht dahin, und mein Frust steigt.

Irgendwann entdecke ich rein zufällig an einer Kreuzung ein kleines Schild, das auf eine Abkürzung hindeutet. Laut Navi könnte es gehen. Ohne lange zu überlegen, folge ich dem Wegweiser, der mich bestimmt ans Ziel führen wird, zumindest berechnet das Navi nun alles neu.

Doch nach einer Weile wird die Straße immer schmaler, und mir fällt auf, dass die Route im Navi andauernd neu geladen wird. Oh nein, bin ich jetzt völlig falsch?

Verdammt! Wütend trommle ich auf das Lenkrad. Ich hasse das! Weihnachten sollte doch ruhig und besinnlich sein!

Plötzlich sehe ich erneut ein Schild am Straßenrand: ein Stern mit einem Pfeil, der nach links zeigt. Vielleicht sollte ich dem Stern folgen, überlege ich, mehr aus Verzweiflung als aus Hoffnung. Womöglich ist das ja der Weihnachtsstern, der einen auf den richtigen Weg führt, so wie Lene es immer behauptet. Hahaha. Aber Weihnachtsstern hin oder her, Tatsache ist, dass ich irgendwie hier herausfinden muss. Also biege ich entschlossen ab.

Es dauert jedoch nicht lange, bis die Straße immer schmaler und holpriger wird. Okay, ruhig bleiben, Luna. Ich versuche, mir selbst gut zuzureden, doch nun beginnt es auch noch zu schneien. Ich fahre weiter, meine Nervosität steigt und steigt, bis ich schließlich die Fassung verliere. »Warum in aller Welt läuft nichts richtig?«, rufe ich.

Ich habe keine Ahnung, wo ich bin. Das Navi hat längst seinen Dienst quittiert. Der Schnee fällt jetzt so stark, dass ich kaum noch etwas sehen kann. Das Schild mit dem Stern, dem ich vorhin gefolgt bin, scheint mich nur noch tiefer in die Einöde geführt zu haben.

Eine ganz tolle Idee war das, Luna, wirklich.

Meine Scheibenwischer kämpfen gegen den dichten Schneefall an. Ich blicke auf mein Handy, das jedoch absolut keinen Empfang hat. Das gibt es doch nicht. Ich sollte schleunigst umkehren. Das Handy ist stumm, ich sehe kaum noch etwas, und das

Weihnachtswunder bleibt bislang aus. Super.

Um mich herum wirkt alles beinahe so, als wäre ich direkt in einem kitschigen Weihnachtsfilm gelandet – oder eher in einem Horrorfilm? Wer weiß das schon. Ist das am Ende das Karma, das mich jetzt packt? Ich muss an den Kerl mit den Nüssen und seine Drohung denken. Oh Gott.

Als mein Wagen plötzlich ins Rutschen gerät, steigt Panik in mir auf. Und als ob das nicht schon schlimm genug wäre, tauchen vor mir auf einmal Lichter auf. Steht da ein Auto? Mitten auf der Straße? Ich klammere mich am Lenkrad fest, trete auf die Bremse und rutsche dennoch mit einem leichten Rumms an das andere Fahrzeug. Glücklicherweise habe ich es nicht allzu heftig erwischt, trotzdem ist eine leichte Berührung zu spüren.

Mein Herz rast. Nein, nein, nein. Das ist jetzt nicht wahr! Wie kann das sein? Warum steht das Auto hier so doof mitten auf der Straße herum?

Schnell versuche ich, den Motor wieder zu starten. Vielleicht kann ich ja meinen Wagen irgendwie zurücksetzen. Doch es tut sich nichts. Was denn jetzt los? Ich versuche es ein zweites und dann auch noch ein drittes Mal, habe jedoch kein Glück. Der Motor springt nicht an. Das ist doch verrückt.

Und so sitze ich da, meinen Blick starr auf das Lenkrad gerichtet. Geht es überhaupt noch schlimmer? Wahrscheinlich nicht, zumindest für mich in diesem Moment. Von wegen heute wird alles besser, danach sieht es ja gerade überhaupt nicht aus. Und auch nicht danach, dass ich das Ganze schnell erledigt bekomme. Diesen Autor zu finden und gleich wieder zurückzufahren. Fehlanzeige.

Lenes Kekse machen Wünsche wahr? Dass ich nicht lache!

Während ich noch mit meinem Schicksal hadere und versuche, mich zu beruhigen, ertönt aus dem Radio auf einmal ein Rauschen. Natürlich, nicht einmal das Radio hat mehr Empfang. Einfach super. Ein Schrei drängt sich in mir hoch, aber ich unterdrücke ihn. Es bringt jetzt nichts, völlig auszurasten. Ich sehe mich um, doch die Scheinwerfer meines Autos spiegeln sich in der Karosserie des anderen Wagens und blenden mich so stark, dass ich kaum etwas erkennen kann. Also schalte ich das Licht aus, in der Hoffnung, meine Umgebung dann besser sehen zu können.

Ich blicke hinüber zu dem anderen Auto und … da ist jemand! Ein Mann, wie es scheint. Bewegt er sich überhaupt? Oh nein. Was, wenn er … tot ist? Die Panik in mir steigert sich um ein Vielfaches. Hatte der Mann womöglich am Steuer einen Herzinfarkt, und sein Wagen steht deshalb mitten auf der Straße? Um Himmels willen, ich will gar nicht daran denken.

Eine andere Möglichkeit, die genauso beunruhigend ist, kommt mir nun ebenfalls in den Sinn: Was, wenn der Mann sich nur tot stellt und mich überfallen will, sobald ich aussteige, um nach ihm zu sehen? Ich habe genug Krimipodcasts gehört, um zu wissen, wie solche Geschichten enden. Es beginnt immer so: Jemand steigt aus, um nach dem Rechten zu sehen, und dann … zack, umgebracht.

Ich muss also herausfinden, ob der Mann noch lebt – ohne jedoch mein Auto zu verlassen. Aber wie? Mit einem Lichtzeichen vielleicht?

Oder mit der Hupe? Ja, das könnte klappen. Schon setze ich mein Vorhaben in die Tat um, und ein lautes Hupen durchbricht die Stille.

Zu meiner Überraschung hebt der Mann im Auto nun langsam den Kopf und sieht in meine Richtung. Okay, wenigstens lebt er. Ich versuche, ihm ein Zeichen zu geben, und winke freundlich, aber vorsichtig. Sein Gesicht verzieht sich zu einer seltsamen Grimasse, und er winkt ab. Warum macht er den Anschein, als hätte er einen Geist gesehen? Er wird doch nicht etwa Angst vor mir haben? Also wirklich.

Ich grinse ihn an, um ihm zu zeigen, dass ich harmlos bin. Doch er hält sich die Hände vors Gesicht, als hätte ich ihn geblendet. Vielleicht gerät er aber auch wegen seines Unfalls gerade in Panik. Ich weiß ja nicht, was passiert ist.

»Oh Mann«, murmele ich und drücke erneut auf die Hupe, doch das macht die Sache nur schlimmer. Er wirkt noch verstörter und fuchtelt aufgeregt mit seinen Händen herum.

Jetzt reicht es mir. Ich lasse mein Fenster herunter und bedeute ihm mit wilden Gesten, dass er dasselbe tun soll. Sofort spüre ich Schnee und Kälte auf meinem Gesicht. Was für ein Tag. Und das auch noch an Heiligabend.

»Was wollen Sie von mir?«, ruft er plötzlich aus seinem Auto.

Verwirrt starre ich ihn an. »Wie bitte?«

»Lassen Sie mich in Ruhe, sonst rufe ich die Polizei!« Er wirkt nun vollkommen hysterisch.

»Was? Sind Sie verrückt? Warum wollen Sie die Polizei rufen?«, schreie ich zurück. Wobei das gar keine so schlechte Idee wäre. Womöglich könnte sie uns helfen? Aber egal.

»Verrückt? Verrückt sind Sie! Sie verfolgen mich, warum auch immer!«

Ich verstehe nur Bahnhof. Fassungslos schüttele ich den Kopf. Wie meint er das? »Wie bitte? Sie stehen mit Ihrem Wagen mitten auf der Straße. Das ist lebensgefährlich!«

Er beugt sich vor, und in diesem Moment wird mir schlagartig klar, wer er ist. Mein Herz setzt für einen Moment aus.

Oh. Mein. Gott.

Der Mann im Auto vor mir ist der Kerl mit dem beigefarbenen Mantel. Der Typ, der mir den Parkplatz geklaut hat. Und den ich beinahe mit einem Nussplätzchen umgebracht hätte.

Manchmal begegnet einem
die Magie, wo man sie
am wenigsten erwartet.

Er ist es tatsächlich

Mist. Das ist wirklich dieser Typ. Das darf doch nicht wahr sein!

Noch immer mustert er mich und hebt dann eine Augenbraue. »Was ist hier los? Zuerst maulen Sie mich wegen eines Parkplatzes an, dann töten Sie mich beinahe, indem Sie mir Nusskekse unterschieben, und jetzt rammen Sie mich auch noch mit dem Auto. Haben Sie mich etwa verfolgt?«

Mein Herz klopft heftig. So ein Unsinn. Diese ganze Situation ist doch mehr als absurd. Sollte das Schicksal das hier eingefädelt haben, hat es definitiv einen kranken Sinn für Humor.

»So war das nicht!«, wehre ich mich entschieden. »Und ich kann das Ganze auch umdrehen. Sie klauen mir den Parkplatz, benehmen sich ziemlich mies und … ach, egal. Warum stehen Sie überhaupt hier? Da muss eher ich Angst haben. Immerhin haben Sie mir gedroht.«

»Ich stehe hier, weil mein Reifen einen Platten hat.«

»Und dann bleiben Sie einfach im Auto sitzen, mitten auf der Straße, ohne zumindest ein Warndreieck aufzustellen?«

»Ich wollte es gerade aus dem Kofferraum holen, als Sie angeschlittert kamen. Glücklicherweise war ich noch nicht ausgestiegen, sonst hätten Sie mich womöglich noch überfahren. Sie sind ja hysterisch.«

Ich blinzele ihn an und bin kurz davor, die Fassung zu verlieren. »Hysterisch? Ich zeige Ihnen gleich, wer hier hysterisch ist! Ich habe versucht, das alles unter Kontrolle zu bekommen.«

Er verschränkt die Arme vor der Brust, ein Grinsen umspielt seine Lippen. »Na, das kann ja noch heiter werden. Wie es aussieht, scheinen Sie mich tatsächlich loswerden zu wollen – mit voller Absicht.«

Der Kerl hat sie ja nicht alle.

»Haha, sehr witzig. Wenn ich Sie loswerden wollte, hätte ich einfach mehr aufs Gas gedrückt.« Ich werfe die Arme in die Luft. »Himmel, es war ein Unfall! Und außerdem: Wer fährt denn hier mitten im Nirgendwo herum?«

»Gute Frage. Wir beide offensichtlich.«

Okay, es war wirklich doof von mir, das zu fragen.

»Dieser blöde Stern! Und blöde Wünsche. Alles ist blöd, blöd, blöd«, schimpfe ich vor mich hin.

»Was haben Sie gesagt?«, ruft er.

Was geht ihn das an? »Nichts.«

»Sie haben aber doch etwas gemurmelt.«

»Ja, ich … Dieser dumme Stern!«

»Stern?« Er überlegt kurz. »Ach, Sie haben das Schild auch gesehen? Ich dachte, das ist eine Abkürzung.«

Okay, jetzt wird es komisch.

»Sehr witzig. Das habe ich auch gedacht.«

»War dann wohl nichts.«

»Offensichtlich. Veralbern kann ich mich selbst«, knurre ich. »Das sieht ja wirklich nach einer schlechten Komödie aus, in der ich unfreiwillig gelandet bin.«

»Oh, wenn das hier eine Komödie ist, dann spielen Sie aber die Hauptrolle: als Grinch.« Nun lacht er auch noch – ziemlich hämisch, wie ich finde. Na warte.

»Und Sie als Weihnachtsmannverschnitt ohne Geschenke«, kontere ich.

Was reden wir da für einen Unsinn?

»Geschenke habe ich dabei«, erklärt er. »Und den Stern auf dem Schild haben Sie also auch gesehen?«

»Ja.«

»Wie romantisch. Ist das jetzt Schicksal oder Zufall?«

Ich verdrehe die Augen. Von wegen romantisch. Erneut sehen wir uns an, und selbst aus der Distanz kommt es mir so vor, als würde sein Blick meinen festhalten.

»Ich steige jetzt mal aus«, sagt er schließlich. »Es bringt ja nichts, sich aus dem Auto heraus anzuschreien. Versprechen Sie, mich nicht zu töten?«

Der Kerl spinnt. Außerdem klaut er mir sogar meine Idee. Immerhin hatte ich denselben Gedanken, dass mein Gegenüber mich killen könnte, sobald ich aussteige.

»Ich verspreche gar nichts!«, schleudere ich ihm entgegen, und er verzieht das Gesicht.

»Sie können mir nicht versprechen, mich nicht umzubringen?«, fragt er nach. »Sie sind verrückt, ich wusste es.«

»Vielleicht wollen ja *Sie mich* töten!«

»Genau! Also, ich töte Sie nicht, versprochen. Und jetzt sind Sie dran.«

Okay, wenn es denn sein muss … »Gut, ich werde Sie auch nicht töten.«

Kaum habe ich mein Versprechen gegeben, öffnet er die Wagentür und steigt aus.

Na schön, dann will ich mal nicht so sein, denke ich, steige ebenfalls aus und gehe auf ihn zu.

»Kalt ist das. Und dieser blöde Schnee.« Bibbernd streiche ich mir mit beiden Händen über die Oberarme.

»Heute ist doch Weihnachten. Muss man sich da nicht über Schnee freuen?«

»Nein, das muss man nicht«, entgegne ich bestimmt. »Das ist doch alles nur so ein vorgelebter Kitsch. Weiße Weihnachten. Oh du fröhliche. Oh Tannenbaum. Kling Glöckchen …«

Er hebt eine Hand. »Schon gut. Ich habe kapiert, dass Sie sämtliche Weihnachtslieder auf diesem Planeten kennen.« Er nimmt sein Handy in die Hand und tippt darauf herum. »Mist. Hier auch nicht.«

»Was?«

»Kein Empfang.«

Ach, der Kerl redet Unsinn. Irgendwann muss es doch mal wieder funktionieren. Ich zücke ebenfalls mein Handy, aber er hat recht. Auch ich habe nach wie vor keinen Empfang. »Ah, das kann doch nicht sein!«

Er zuckt mit den Schultern. »Na ja, wir sind mitten im Wald, dazu das schlechte Wetter …«

»Wir sind in Deutschland, da hat man doch überall Empfang!«

Er lacht. »Ja, genau. Und die Bahn kommt immer pünktlich. Guter Witz!«

Damit schafft er es sogar, dass ich lächeln muss. »Und Sie haben kein Ersatzrad?«

»Nein, tatsächlich nicht.«

»Toll, echt. Und mein Auto springt nicht an.«

»Scheint so, als würden wir hier festsitzen«, stellt er lapidar fest.

Während er die Ruhe selbst zu sein scheint, könnte ich vor Wut an die Decke springen. »Nein, also … das geht wirklich nicht. Nicht an Weihnachten. Und nicht mit Ihnen!« Ich greife erneut nach meinem Handy, aber es bleibt tot.

Das Ganze wirkt ja beinahe so, als wäre ich tatsächlich in einer dieser übertriebenen, unrealistischen Liebeskomödien gelandet, von denen man normalerweise nur in Büchern liest.

Der Schnee beginnt wieder stärker zu fallen. Ja, wunderbar. Was soll das denn bitte? Oh Gott, wir werden hier noch erfrieren.

Schon beinahe ein wenig verzweifelt sehe ich ihn an. »Und jetzt? Tun Sie doch was!«

»Was soll ich denn machen, hm?« Er verschränkt die Arme vor der Brust.

Toll. War ja klar, dass er keine Lösung hat.

»Wie weit ist es denn ungefähr noch?«, will ich nun von ihm wissen.

»Wenn Sie mir sagen, wo Sie hinmüssen, kann ich Ihnen vielleicht eine vernünftige Antwort geben.«

So ein Schnösel.

»Nach Hinteregg – oder wie dieses komische Dorf heißt.«

Erstaunen spiegelt sich in seinem Blick. »So ein Zufall. Ich auch. Langsam weiß ich echt nicht …«

»Das beantwortet aber nicht meine Frage, wie weit es noch ist.«

»Zu weit.«

»Tolle Angabe. Und so genau. Beinahe wie in einem alten Kochrezept meiner Oma: ein bisschen hiervon, eine Prise davon und alles nach Gefühl …«

Er grinst. »Zu Fuß bestimmt zwei Stunden.«

»Wie bitte? Zwei Stunden? Das ist aber wirklich weit.«

»Wie ich gerade sagte: zu weit.«

Ich schnaube und blicke in den Himmel, aus dem die Schneeflocken unvermindert auf die Erde fallen.

»Okay, dann …« Keine Ahnung, was ich eigentlich sagen will.

»Ja?«

»Ich … ich verziehe mich wieder ins Auto. Mir ist kalt.«

»Gut, das mache ich auch.«

Schließlich wenden wir uns voneinander ab, setzen uns wieder in unsere Autos und sehen uns einfach nur an.

Toll. Ganz ehrlich. Da dachte ich, dass der gestrige Tag schon beschissen war, aber das hier ist wirklich der Höhepunkt.

Das ist ein Witz, oder?

Ich habe keine Ahnung, was ich nun machen soll. Hier sitzen und erfrieren? Vermutlich. Erneut versuche ich, das Auto zu starten, jedoch ohne Erfolg. Dann blicke ich zum wiederholten Male auf mein Handy, in der Hoffnung, endlich ein Signal zu finden. Aber es geht einfach nichts. Null Komma null.

Soll ich die Heizung einschalten? Oder sonst irgendwas tun? Ich habe einfach keinen Plan. Was kann das überhaupt für ein Defekt an meinem Wagen sein?

Während ich noch mit geschlossenen Augen nachdenke, klopft es an mein Autofenster. Rasch reiße ich die Augen auf, und der Kerl steht vor mir.

Ich kurbele die Scheibe herunter. »Was ist?«

»Kann ich rein?«

»Wohin? Zu mir ins Auto?«

»Ja. Ich habe vielleicht eine Idee, warum es nicht anspringt.«

Und das soll ich ihm glauben? Ich mustere ihn skeptisch. Er steht da, mit Schnee in den Haaren und hat die Schultern wegen der Kälte hochgezogen.

»Sie haben vielleicht eine Idee? Klingt ja richtig überzeugend.«

Er zuckt mit den Schultern. »Die Alternative wäre, dass wir weiter hier sitzen und auf Rettung warten. Falls Sie auf ein Weihnachtswunder hoffen, viel Spaß dabei.«

»Oh, das Weihnachtswunder. Bitte verschonen Sie mich damit.« Ich seufze tief und werfe - keine Ahnung, zum wievielten Male - einen Blick auf mein Handy, das immer noch kein Signal anzeigt. Verdammt. »Na gut«, murmele ich und öffne widerwillig die Beifahrertür. »Aber wehe, Sie haben keine gute Idee.«

Er steigt ein, und mit ihm schwappt Kälte ins Wageninnere. »Danke, echt großzügig von Ihnen«, sagt er sarkastisch, während er sich auf den Sitz fallen lässt und die Tür schließt.

»Nicht dass Sie noch erfrieren. Das würde dann gleich mir in die Schuhe geschoben werden, und ich habe wirklich keine Lust auf eine Mordanklage zu Weihnachten.«

Er grinst. »Keine Sorge, ich lasse mich nicht so leicht umbringen. Aber wir sollten …« Er deutet auf das Handschuhfach. »Haben Sie ein Überbrückungskabel dabei?«

Ich runzele die Stirn. »Nein, im Handschuhfach auf keinen Fall und auch sonst … nein.«

»Schade, damit hätten wir prüfen können, ob es bei Ihnen an der Batterie liegt. Bei mir ist es ja der platte Reifen. Sie haben nicht zufällig einen Ersatzreifen im Kofferraum?«

»Ich? Sehe ich so aus?«

»Ehrlich gesagt nein. Dann vielleicht ein Feuerzeug?«

Was will er denn damit anstellen? Den Wald abfackeln?

»Auch nicht, leider. Wir beide sind ja richtig toll ausgestattet«, bemerke ich. »Also haben wir nicht nur das Problem eines platten Reifens, sondern auch einer defekten Batterie oder was auch immer. Perfekt.«

»Klingt nach einem tollen Weihnachtsabenteuer, oder?«

»Weihnachtsabenteuer?« Ich schnaube. »Das klingt nach der schlechtesten Bezeichnung für einen schrecklichen Tag.«

Er lehnt sich im Sitz zurück und sieht mich an. »Na, dann kann es ja nur besser werden, oder?« Er hebt eine Augenbraue. »Wissen Sie, es gibt schlimmere Arten, Weihnachten zu verbringen.«

»Ach ja? Zum Beispiel? Das würde mich jetzt wirklich interessieren.«

Er denkt kurz nach und hebt dann seine Hand, während er aufzählt: »Zum Beispiel könnten Sie mitten in der Stadt stecken bleiben, umgeben von Autos, aber niemand würde Ihnen helfen, weil alle in Eile sind.«

Ich schnaube. »In der Stadt? Da hätte ich wenigstens Handyempfang oder könnte irgendwo hingehen und Hilfe holen.«

»Na gut. Oder Sie könnten Weihnachten bei Ihrer Verwandtschaft verbringen, und die Tante, die Sie nicht leiden können, hat den Kartoffelsalat gemacht – mit Rosinen.«

Ich verdrehe die Augen. »Okay, das wäre wirklich schlimm.«

»Oder ...« Seine Mundwinkel beginnen zu zucken. »Auf der Weihnachtsfeier Ihrer Firma singen alle betrunken *Last Christmas* in Endlosschleife, und Ihr Chef verlangt, dass Sie dazu tanzen.«

»Oh Gott, hören Sie auf, das klingt ja grauenhaft. Sie schaffen es wirklich, die Stimmung aufzulockern.«

»Warten Sie, es kommt noch besser.« Er grinst. »Sie könnten hier draußen in der Kälte stecken bleiben und keinen heißen Kaffee oder Schokolade dabeihaben. Oh, Moment – genau das passiert ja gerade!«

»Das ist so absurd.« Ich kann nicht anders, als zu lachen, und er zwinkert mir zu.

»Sehen Sie? Alles eine Frage der Perspektive.«

»Da ist aber plötzlich jemand sehr positiv gestimmt«, stelle ich fest. »Als es um die Nussplätzchen ging, fandst du das nicht so spaßig.«

»Ach, sind wir jetzt beim Du angelangt?«

Ich weiß, ich habe gerade damit angefangen, aber es ist mir einfach so über die Lippen gekommen. »Ich bin übrigens Luna«, sage ich und reiche ihm die Hand.

»Lukas.« Seine Hand ist überraschend warm und fühlt sich … ja, irgendwie angenehm an.

»War ja gar nicht so schwer, oder?«, fragt er.

»Nein, seinen Namen zu sagen, ist normalerweise nicht schwer.«

»Weißt du, es gibt ja so viele Menschen. Man kann nicht alle kennen.«

Ich sehe ihn an. »Ein bisschen verrückt bist du schon, das musst du zugeben.«

»Ab und zu. Doch ich denke, da schenken wir beide uns nichts.«

»Und jetzt? Was war deine Idee mit dem Feuerzeug, McGyver?«

»Ich bin nicht McGyver, sondern eher Chuck Norris.«

»Dann wärst du aber nicht wegen ein paar Nüsse zusammengeklappt«, widerspreche ich. »Chuck Norris hat vielleicht eine Allergie, doch die hat Angst, auszubrechen.«

Er lacht. »Der war echt schlecht. Den gibt es doch gar nicht.«

»Gut, dann sag mir einen besseren.«

»Chuck Norris kann ein Feuer entfachen, indem er zwei Eiswürfel aneinanderreibt. Oder mit Schnee. So wie ich auch.«

»Dann brauchen wir uns also keine Sorgen zu machen, dass wir hier erfrieren? Auch ohne Feuerzeug?«

»Nein, das sicher nicht.«

Eine Weile sitzen wir schweigend da.

»So habe ich mir das Weihnachtsfest in diesem Jahr auch nicht vorgestellt«, sage ich irgendwann in die Stille hinein.

»Nicht? Warum? Ist doch gemütlich.« Er grinst, und obwohl ich es nicht will, muss ich ebenfalls leicht lächeln.

»Ja, super. Das mit den Rosinen im Kartoffelsalat hat mich wirklich gekillt.«

»Siehst du? Das kann schon mal nicht passieren.«

»Gibt es in deiner Familie an Heiligabend auch immer Kartoffelsalat und Würstchen?« Ich weiß, ich bin neugierig, aber irgendwie ist mir gerade danach, mehr über ihn herauszufinden.

»Ja, und am ersten Feiertag dann Ente oder Gans.« Sein Blick ist leicht verklärt, als würde er sich gerade an vergangene Weihnachtsfeste erinnern.

»Bei uns auch«, antworte ich und ziehe meine Knie enger an meine Brust. Der kalte Autositz macht es nicht gerade gemütlicher.

»Tja, heute gibt es für uns beide wohl nichts.«

Ich seufze, während ich spüre, wie die Frustration in mir aufsteigt. »Vermutlich nicht. Ah, ich wusste, warum ich das alles hier verfluche!«

Sein Blick bohrt sich in meinen, als wollte er mehr hören. »Erzähl doch mal, Luna. Was beschäftigt dich denn? Willkommen im Therapie-Auto.«

Ich lache kurz auf. »Du willst es wirklich wissen?«

»Warum nicht? Zeit haben wir genug. Und vielleicht verstehe ich dann, warum du mich vergiften wolltest.«

»Wie oft soll ich es denn noch sagen? Das war ein Unfall, ein Versehen. Ich habe die Bestellungen verwechselt.«

Er hebt leicht die Augenbrauen. »Jaja. Also?«

Ich atme tief ein und lasse den Kopf nach hinten gegen die Lehne des Sitzes sinken. »Die ganze Woche war einfach mies, alles ging schief. Und gestern Morgen hat mich meine Nachbarin schon um halb sieben aus dem Bett geklingelt, danach habe ich mir den großen Zeh angestoßen, meinen Kaffee verschüttet und ewig im Stau gestanden, bis ich endlich in Winterberg ankam.«

»Dort wurde dir dann der Parkplatz geklaut, und der Frust musste raus.« Seine Stimme klingt jetzt sanfter, fast so, als würde er mich verstehen.

Stirnrunzelnd mustere ich ihn. »Veralberst du mich gerade?«

»Ein bisschen.« Sein Lächeln kehrt zurück. »Erzähl weiter.«

Ich lasse meinen Blick kurz nach draußen wandern, wo der Schnee mittlerweile wieder dichter fällt. »Das mit dem Parkplatz hat mich echt geärgert. Was musstest du da eigentlich so dringend ausladen?«

»Ach, ich hatte einiges an Weihnachtskram dabei.« Er zuckt mit den Schultern, als wäre es nichts Besonderes. »Aber du hast ja letzten Endes doch noch einen Parkplatz gefunden.«

»Hm, trotzdem macht man das nicht.« Nervös trommele ich mit den Fingern auf meinen Oberschenkel. »Doch das war's ja nicht allein. Mein Chef hat mich ausgerechnet an Weihnachten hierhergeschickt, weil ich etwas in Ordnung bringen soll. Nur deswegen bin ich hier. Ich wollte es schnell erledigen, um bald bei meiner Familie zu sein. Aber daraus wird jetzt nichts.«

»Dein Chef? Wie kann er dich an Weihnachten losschicken?«

»Er kann es, sonst wäre ich ja nicht hier.« Das alles nervt echt. Ich werde kündigen, aber so was von. Oder? Jedenfalls nehme ich es mir gerade felsenfest vor.

»Jetzt bin ich neugierig. Erzähl mir mehr.«

»Also gut, ich bin Lektorin in einem Verlag, und einer der Autoren, die ich betreue, ist sauer auf mich. Er will vielleicht den Verlag wechseln, zumindest befürchtet das mein Chef. Nur weil ich ihm ein ehrliches Feedback zu seinem Weihnachtsroman gegeben habe. Er meint, ich hätte die Geschichte nicht verstanden. Dabei wollte ich nur, dass es realistischer wirkt. Weniger kitschig. Denn mal ehrlich, diese romantischen Szenen, zum Beispiel dass das Liebespaar im Schnee tanzt – so was passiert im echten Leben doch nie.«

Er sieht mich an. »Ja, wem passiert schon so etwas Merkwürdiges wie uns beiden? Dass man an Heiligabend mit einem Fremden im Auto festsitzt?«

Ich winke ab. »Das ist etwas anderes.«

»Nein, das würde ich nicht sagen. Und dieser Autor wird sich schon etwas bei der Handlung seines Romans gedacht haben.« Warum wirkt er auf einmal irgendwie … angefressen?

Unsere Blicke treffen sich.

»Ich habe ja auch nicht gesagt, dass er sich nichts dabei gedacht hat. Aber er übertreibt es mit der Romantik. Wie auch immer, er zögert jetzt, den Vertrag mit dem Verlag zu unterschreiben. Ich bin hierhergekommen, um ihn davon zu überzeugen, es doch zu tun. Herr Jörgens, mein Chef, glaubt, wenn ich ihm ein Geschenk bringe, kann ich sein Herz an Weihnachten erwärmen.« Ich seufze. »Wie kann man wegen einer sachlichen Kritik so eingeschnappt sein? Diese Liebesszenen, die er da verfasst hat – mal ehrlich, so was ist doch nicht realistisch. Einfach Unfug.«

»Unfug also, okay.« Plötzlich grinst er nicht mehr. Stattdessen verzieht er den Mund und hebt eine Augenbraue.

»Was ist?«

»Deine Meinung finde ich sehr interessant. Du denkst also, die Liebesszenen in dem Buch sind totaler Unfug?«

Warum wiederholt er sich?

»Ja genau, absolut nicht real.« Ich verschränke die Arme vor der Brust. »Als würden solche Dinge im echten Leben passieren. Kitsch, Kitsch, Kitsch – so wie alle weihnachtlichen Geschichten.«

»Aber die Leute mögen Kitsch. Besonders zu Weihnachten.«

»Diejenigen vielleicht, die nicht ganz bei Sinnen sind.« Ich tippe mir mit dem Zeigefinger an die Stirn.

»Wow! Ich würde sagen, du hast den falschen Job.«

»Was? Wieso das denn?« Ich frage mich allen Ernstes, was sein Problem ist.

»Na ja, Autoren wissen manchmal mehr über das echte Leben, als du denkst.«

Ich sehe ihn an. Was in aller Welt läuft hier gerade schief? »Woher weißt du das überhaupt? Als ob du das beurteilen könntest.«

Nun grinst er wieder. »Darf ich mich vorstellen? Lukas Herzberg – freut mich außerordentlich.«

Mein Herz setzt für einen Moment aus. Nein, nein! Das gibt es doch nicht! Das darf nicht sein!

Mir bleibt der Mund offen stehen. »Was? Du bist … du bist der Autor? Lukas Herzberg? Aber auf dem Foto siehst du …« Ich versuche, mir das Bild vor Augen zu führen, das er dem Verlag für Werbezwecke überlassen hat, und nun kommt mir eine Erkenntnis. »Auf dem Foto bist du nur von schräg hinten zu sehen. Und außerdem dachte ich, du heißt Bergmann.« Zumindest hatte er die Bestellung bei Lene auf den Namen Bergmann geordert, oder nicht?

»Schon mal was von einem Pseudonym gehört? Himmel! Aber schön, dass wir uns endlich kennenlernen, Frau Lektorin. Ja, es ist wirklich eine Freude. Nicht.«

Er wirkt nun echt verärgert, und mir entgleiten die Gesichtszüge. »Das ist jetzt ein Witz, oder?«

»Leider nicht. Und schön zu wissen, was du wirklich von meiner Geschichte hältst. Das ist ja noch schlimmer als die bescheuerte Beurteilung, die ich von dir bekommen habe.«

Ich schlage mir die Hände vors Gesicht. »Oh nein, das kann nicht wahr sein! Also, ich habe das so nicht gemeint, ich …«

»Doch, genau so hast du es gemeint. Und weißt du was? Ich glaube, ich bleibe lieber in meinem Auto. Es ist weniger peinlich, alleine zu erfrieren als zusammen mit dir.«

»Lukas …« Ich versuche noch, ihn zurückzuhalten, aber er steigt bereits aus und lässt mich sprachlos zurück.

Herr Jörgens wird mich umbringen.

Manchmal ahnt man nicht,
welche Fäden gerade
gesponnen werden,
besonders zur
Weihnachtszeit.

Der Typ spinnt

»Na toll, Luna, das hast du mal wieder großartig hinbekommen«, murmele ich vor mich hin, während ich zusehe, wie Lukas in sein Auto steigt. So eine beleidigte Leberwurst, wirklich.

Nachdem er hinter dem Steuer Platz genommen hat, starrt er mit mürrischer Miene zu mir herüber. Großartig.

»Ahh!«, rufe ich und schlage mit den Händen aufs Lenkrad, anschließend blicke ich aus dem Fenster. Draußen schneit es immer noch. Ich schalte den Scheibenwischer ein, überlege es mir jedoch anders: Ich könnte die Scheibe einfach zuschneien lassen, dann muss ich Lukas nicht mehr sehen. Also mache ich den Scheibenwischer wieder aus. Mich wundert sowieso, wie dieser funktionieren kann, wenn doch vielleicht die Batterie des Autos defekt ist.

Echt merkwürdig. Irgendwas scheint hier nicht mit rechten Dingen zuzugehen. Oder es ist nicht die Batterie, aber wer weiß das schon?

Super, wirklich super. Das ist ja absolut prima gelaufen. Da fahre ich extra hierher, um Lukas davon zu überzeugen, mit uns zusammenzuarbeiten - und dann funktioniert nichts, wie es sollte: erst der Streit wegen des Parkplatzes, dann die Sache mit den Nüssen und jetzt das hier. Eine fantastische Leistung, Frau Lektorin. Keine Ahnung, wie ich das im Verlag erklären soll.

Ein paar Minuten vergehen, in denen ich einfach nur dasitze. Was soll ich nun machen? Ihn ignorieren? Einfach hoffen, dass er sich wieder beruhigt? Eines ist sicher: Ich brauche seine Unterschrift, also müssen wir die Sache hier und jetzt klären.

Denn so nah werde ich ihm nie wieder kommen.

»Okay, Luna«, flüstere ich mir selbst zu, »das musst du jetzt wieder geradebiegen.«

Also steige ich aus dem Auto, und ein eiskalter Windstoß trifft mich, als ich durch den Schnee stapfe und gegen die Scheibe seines Wagens klopfe. Doch er regt sich nicht.

»Hallo«, rufe ich, aber er zeigt immer noch keine Reaktion. Ich poche energischer, schreie beinahe schon: »Hallooooo!«

Nun sieht er mich endlich an. »Was ist denn noch?«

»Jetzt komm schon«, sage ich, während meine Zähne vor Kälte klappern. »Das ist alles ein riesiges Missverständnis. Ich habe das nicht so gemeint und wollte dich nicht beleidigen. Dein Buch an sich ist super …«

Er zieht eine Augenbraue nach oben. »Ach ja?«

»Ja, wirklich!«

»Das ist eine ausgesprochen schlechte Lüge.«

»Okay, ich finde ein paar Dinge darin doof«, gebe ich kleinlaut zu. »Und ich habe mich vielleicht manchmal etwas … na ja, etwas harsch ausgedrückt. Aber das Buch ist ansonsten gut, ehrlich. Es ist nur … es ist …«

»Kitschig? Unrealistisch?«

»Ja, ein wenig. Aber wer sagt, dass das schlecht sein muss?« Ich trete von einem Fuß auf den anderen, weil mir langsam die Zehen einfrieren. »Das ist eben Geschmackssache.«

»Ich finde, die Menschen lieben Kitsch an Weihnachten. Und sie lieben die Liebe«, erklärt er selbstsicher. »Denk doch mal an all diese kitschigen Weihnachtsfilme. Die Leute verschlingen sie!«

»Ja, ich weiß. Sie brauchen etwas, an das sie glauben können, bla, bla.«

Er sieht mich an und verzieht das Gesicht. »Da ist aber jemand ziemlich frustriert. Das ist ja schlimm.«

Wie bitte? »Ich bin nicht frustriert. Wirklich nicht. Was soll diese Unterstellung?«

»Doch, das bist du. Du wärst die typische frustrierte Protagonistin, die vermutlich an Weihnachten verlassen wurde und jetzt alles hasst, was mit diesem Fest zu tun hat. Aber sorry, dafür kann ich ja wohl nichts. Und wenn man so ist, braucht man sich auch nicht zu wundern.«

Das hat gesessen.

»Wow, wer beleidigt jetzt hier wen?« Ich spüre ganz deutlich den Stich im Magen. Der Kerl ist ja wohl ein Arsch!

»Wieso beleidigen? Das ist Kritik, sachliche Kritik. So wie deine Kritik an meinem Buch«, entgegnet er kühl.

»Sehr witzig. Du fühlst dich wohl gerade besonders clever, oder?«

»Und warum verträgst du keine Kritik?«

»Du kritisierst mich als Person, obwohl du mich überhaupt nicht kennst, und das ist ja wohl ... Weißt du was? Du kannst mich mal, du Möchtegern-Chuck-Norris.«

Ich habe mich nun wirklich in Rage geredet. Wütend stapfe ich zurück zu meinem Auto, lasse mich auf den Sitz fallen und schlage die Tür zu. Der Typ spinnt ja wohl. Hoffentlich erfriert er jämmerlich. Ganz ehrlich. Ich werde jedenfalls nie wieder ein Wort mit ihm sprechen.

Entspannte Weihnachten

»Ich und frustriert«, murmele ich vor mich hin. »Eine typische frustrierte Protagonistin – der hat sie wohl nicht mehr alle.«

Wenigstens ist die Frontscheibe meines Autos inzwischen so zugeschneit, dass ich sein doofes Gesicht nicht mehr sehen muss. Ein kleiner Sieg.

Ich atme tief durch. Beruhige dich, Luna, sage ich mir. Ich werde mich von diesem Kerl nicht aus der Fassung bringen lassen. Es ist schon schlimm genug, an Heiligabend hier in der Kälte festzusitzen.

Aber irgendwann wird uns schon jemand suchen. Zumindest mich. Meine Familie wird sich Sorgen machen, wenn sie nichts von mir hört. Wobei – ich habe ihnen ja gesagt, dass ich es wahrscheinlich nicht rechtzeitig zu ihnen schaffen werde. Damit wollte ich sie überraschen. Mein Plan war, diesen Ekel-Autor schnell zu überzeugen und dann pünktlich zum Fest bei meinen Lieben aufzutauchen.

Und jetzt? Jetzt sitze ich hier im tiefsten Nirgendwo fest, während meine Familie sich auf Weihnachten freut.

Nein, nein, nein, ich werde nicht heulen. Heulen bringt nichts. Ich muss meine Kräfte sparen.

Plötzlich überkommt mich jedoch diese tiefe Traurigkeit, die mich mitten in die Magengrube trifft. Weihnachten sollte doch eine Zeit des Friedens und der Freude sein, nicht so ein verdammtes Chaos. Ich blicke nach draußen und erinnere mich wieder an diesen dämlichen Stern auf dem Schild. Warum bin ich ihm nur gefolgt? Es fühlt sich an, als hätte er mich in einen Hinterhalt gelockt. Ach, es ist doch alles verrückt.

Um mich abzulenken, krabble ich auf den Rücksitz. Wenigstens habe ich ein bisschen was zu essen und zu trinken dabei. Lene hat mir ja außer Plätzchen und Wasser sogar eine Isolierkanne mit alkoholfreiem Punsch mitgegeben. Eine kleine Weihnachtsvorfreude aus der Tupperdose.

Ich greife mir eine Wasserflasche, schraube sie auf und nehme einen kleinen Schluck. Es erfrischt mich zwar ein wenig, aber warm wird mir davon natürlich nicht. Im Gegenteil, ich fühle mich leerer als zuvor.

Dann schiele ich zu der Isolierkanne mit dem Punsch. Soll ich? Ein kleiner Schluck kann ja nicht schaden. Ich nehme die Tasse herunter, die oben auf der Kanne steckt, und gieße mir zwei Finger breit ein. Der süße, würzige Geschmack breitet sich in meinem Mund aus, und obwohl der Punsch nicht mehr allzu warm ist, wird mir gleich etwas wohliger im Bauch. Es ist nicht viel, aber für einen Moment fühle ich mich doch etwas besser.

»Na also«, murmele ich. »Ein kleines Weihnachtswunder.«

Ich lehne mich in den Sitz zurück, lasse den Kopf gegen das Polster sinken und schließe die Augen. Die Traurigkeit weicht ein bisschen von mir, als ich an meine Familie denke. Meine Mama dürfte gerade in der Küche stehen und das Essen für heute Abend vorbereiten, während Papa mit meinen Geschwistern wahrscheinlich den Weihnachtsbaum aufstellt. Und durch das Haus zieht der Duft von Plätzchen und Tannennadeln. Eigentlich wäre ich jetzt ebenfalls dort, wenn nicht alles so schrecklich schiefgelaufen wäre.

Aber selbst diese Vorstellung kann mich nicht trösten. Es ist das Fest der Liebe, und ich sitze hier, gefangen im Schneechaos mit einem Kerl, der mich für eine »frustrierte Protagonistin« hält.

Ich öffne die Augen und blicke hinaus in die weiße Stille. Die Flocken tanzen unaufhörlich vor dem Fenster. Es ist seltsam friedlich, doch ich kann diesen Frieden nicht annehmen. Zu viel hat sich gegen mich verschworen, so fühlt es sich zumindest an.

Vielleicht sollte ich noch einen Schluck Punsch trinken, womöglich hilft das. Es kann doch nur besser werden, sage ich mir, während ich die Tasse erneut an meine Lippen setze.

»Mmh«, brumme ich, als ich spüre, wie die Flüssigkeit meine Kehle hinabrinnt. Ja, das war eine gute Idee. Mal ehrlich, pfff, dann bin ich eben frustriert. Trotzdem glaube ich nicht an diesen dämlichen Buchkitsch. Und ich kann immer noch das Beste aus allem machen. Es ist immerhin Weihnachten. Haha, Ironie off.

Aber wenn Weihnachten schon mies ist, dann doch wenigstens mit Musik. Ich krabble wieder nach vorne, stecke den Autoschlüssel ins Schloss und drehe ihn um. Sofort gehen die Scheinwerfer an. Wow, die Batterie scheint doch nicht ganz leer zu sein - wenn überhaupt sie das Problem ist. Dann drücke ich auf den Musikknopf.

Mein Auto ist ja mit dem Handy verbunden, also suche ich mir eine weihnachtliche Playlist heraus.

Das erste Lied ist mir zu romantisch. Außerdem würde ich dabei heulen. *Snowman* von Sia – nee, das brauche ich jetzt nicht, auch wenn es schön ist.

Weiter. *Santa, Can You Hear Me?* Schon etwas besser, aber auch nicht das Richtige.

Was ist denn *Entspannte Weihnachten* von RIAN? Hahaha, das ist doch genau das, was ich jetzt brauche. Ich lasse das Lied laufen und muss grinsen. Der Text ist witzig und echt mal was anderes. Es geht darum, dass man sich an Weihnachten betrinkt und über das Chaos des ach so seligen Festes lacht. Schnell drehe ich lauter. Was soll's, ich bin hier eh allein, niemand wird mich hören – abgesehen von diesem beleidigten Möchtegernautor in seinem Wagen, aber das ist mir jetzt auch egal. Soll er doch dort sitzen und schmollen. Bestimmt findet er sogar Schneeschippen romantisch. Ich muss lachen. Ja, so schätze ich diesen Kerl ein.

»Weihnachten ist dieses Jahr entspannt«, singe ich den Refrain laut mit – vielleicht ein bisschen zu enthusiastisch, doch es tut gut, mal alles rauszulassen.

Gerade als das Lied zum fünften Mal läuft und ich den Text fast auswendig kann, zucke ich zusammen. Lukas steht vor meinem Auto und sieht mich an, als wäre ich komplett durchgeknallt. Soll er doch. Ich ignoriere ihn – so wie er mich vorhin.

Seelenruhig nehme ich noch einen Schluck Punsch, woraufhin er erneut ans Fenster klopft. Himmel. Ich drücke den Knopf, um die Scheibe herunterzufahren, und prompt fällt Schnee ins Auto.

»Was ist?«, rufe ich, während die Musik im Hintergrund weiterläuft.

Er stellt eine Gegenfrage: »Was treibst du denn da?«

»Frustrierte Weihnachten feiern – exakt so, wie es zu mir passt.«

Lukas rollt mit den Augen.

»Ist die Musik zu laut?«, hake ich nach.

»Ein bisschen.«

Schon drehe ich die Musik noch lauter. »Was ist? Ich höre dich nicht. Aber ruf doch die Polizei. – Ach, du hast ja keinen Handyempfang. Pech gehabt!« Ich lasse das Fenster wieder hochfahren.

»Luna ...« Lukas steckt seine Hand in den Spalt, bevor die Scheibe ganz oben ist. »Aua!« Er verzieht das Gesicht, aber der Fensterschutz verhindert Schlimmeres.

»Was ist denn?«, frage ich, doch er schüttelt nur den Kopf. »Gut, dann stör mich nicht weiter.« Ich drücke auf den Skip-Button, und Sido beginnt zu spielen. Der Beat hebt meine Laune, und ich wippe mit dem Kopf, während Lukas erst seine Hand und anschließend mich mustert.

Mit ernster Miene tippt er sich an die Stirn – doch plötzlich grinst er. »Okay, können wir mal eben reden?«

Ich drehe die Musik leiser. »Worüber denn?«

»Was ich gesagt habe, war nicht okay. So bin ich eigentlich nicht.«

»Eigentlich? Das ist kein gutes Wort. Du verwendest es übrigens oft in deinem Buch«, erkläre ich, ganz die Lektorin.

Er hebt eine Augenbraue. »Danke für den Hinweis. Aber darum geht's nicht.«

»Sondern? Ach ja, du wolltest sagen, dass dein Verhalten nicht in Ordnung war?«

Er seufzt. »Ja. Es war nicht nett, zu sagen, dass du frustriert bist. Und das war auch keine Kritik - ich wollte dich bewusst beleidigen«, gibt er nun etwas kleinlaut zu. Na, wenigstens etwas.

»Das war jetzt ehrlich«, antworte ich erstaunt.

»Ja, aber mich hat das, was du gesagt hast, auch getroffen.«

»Okay«, sage ich nur. Dann sitze ich da. Er soll ruhig etwas schmoren. Was denkt er sich denn? Dass ich ihm sofort verzeihe? Gut, das tue ich dennoch.

»Was heißt *okay*?«

Jetzt grinse ich. »Ich nehme deine Entschuldigung an.«

»Wirklich? Das ist gut. Aber möchtest du dich nicht auch entschuldigen? Was du gesagt hast, war ja eigentlich auch nicht gerade nett.«

Himmel! »Schon wieder *eigentlich*«, necke ich ihn.

»Weil es ja eigentlich nicht nett war!« Seine Stimme klingt jetzt schärfer.

»Jahaa. Ich habe doch vorhin versucht, mich zu entschuldigen, als ich zu dir ans Auto kam.«

»Gut. Also, mir tut es leid. Und dir? Los, du bist dran.«

Na schön, meinetwegen. Ich seufze. »Mir tut es auch leid.«

»Und jetzt?«

»Keine Ahnung. Du wolltest doch alleine erfrieren«, argumentiere ich.

»Ja, ich weiß, was ich gesagt habe. Aber … darf ich jetzt zu dir ins Auto rein?«

Oh Mann. »Na gut.«

Er öffnet die Tür und setzt sich neben mich. »Ganz schön warm hier.«

»Du kannst auch wieder raus in die Kälte gehen. Schließlich kannst du ja mit Schnee ein Feuer machen, Chuck.«

Er grinst. »Und du mit Punsch.«

»Ich habe nur ein paar Schlucke getrunken. Ein gutes Mittel gegen Frust. Er ist nicht mehr allzu warm, aber es geht noch.«

»Wie gesagt, es tut mir leid.«

Ich winke ab. »Jaja, schon gut. Ich habe deine Entschuldigung ja angenommen.«

»Darf ich auch einen Schluck?«, fragt er zögerlich.

Ich weiß nicht, warum ich in diesem Moment auf seine Lippen blicke. Wow, die sind schön … Wieso schlägt mein Herz plötzlich schneller?

»Was starrst du mich denn so an?«

»Nichts, schon gut«, sage ich ein wenig verlegen und reiche ihm die Tasse.

Er trinkt einen Schluck und lächelt dann. »Mein Autorenherz würde jetzt vermuten, dass du meine Lippen angeschaut hast. Zumindest würde ich das so in einem Buch schreiben.«

»Das würde zu dir passen. Aber nein, ich dachte nur …« Ja, was dachte ich? Genau das, doch das verrate ich ihm sicher nicht.

»Was?«

»Nichts.«

»Gib es zu, ich habe dich erwischt.«

Werde ich jetzt rot? »Sei nicht so arrogant. So heiß bist du auch wieder nicht. Gut, du bist attraktiv – was ich jetzt nicht gedacht hätte, vor allem bei den Texten, die du schreibst. Aber …«

»Was heißt das? Darf man nicht attraktiv sein, wenn man Autor ist?«

»Doch, aber ich dachte, du bist so einer, der den ganzen Tag allein dasitzt und von der großen Liebe schreibt, weil er sie selbst nie erfahren hat.«

Sein Blick … »Wie bitte? Wollen wir uns jetzt wieder beleidigen?«

Ich schüttele entschieden den Kopf. »Nein, wirklich nicht.«

»Jaja. Aber nett, dass du mich attraktiv findest.«

»Habe ich das gesagt?«

Er grinst. »Ja, das hast du.«

»Das muss mein frustriertes Ich gewesen sein.« Ich seufze. »Hör mal, nur weil man nicht alles romantisiert, heißt das nicht, dass man Frust schiebt. Ja, ich bin enttäuscht von der Liebe, weil sie nie funktioniert, und manchmal fühle ich mich auch einsam. Natürlich würde man das alles gern selbst erleben, doch deswegen ist man noch lange nicht frustriert.«

»Tut mir leid, dass du von der Liebe enttäuscht wurdest«, sagt er leise.

Ich winke ab. »Das wurden wir doch alle schon mal, oder nicht?«

»Klar, aber aus Enttäuschung entstehen oft die besten Geschichten. Das ist einfach so.«

»Ganz der Autor. Zieht diese Nummer denn bei den Frauen?«

»Was meinst du?«

»Ach komm. Wenn du erzählst, dass du Autor bist, schmelzen die Frauen sicher dahin. Du schleppst sie bestimmt reihenweise ab.«

»Der war gut.« Er lacht, und auch ich muss schmunzeln.

»Ich sehe es direkt vor mir, wie sie dich anflehen: ›Oh, Herr Herzberg, bitte lassen Sie sich von mir inspirieren!‹«

»Ich hoffe, sie nennen mich Lukas und nicht Herr Herzberg.«

»Sorry. Dann also so: ›Oh, Lukas, vielleicht inspiriere ich dich ja zu einer Geschichte.‹« Ich seufze theatralisch.

»Das habe ich tatsächlich schon gehört«, gibt er grinsend zu.

»Echt schlimm. Du Armer.«

»Warum? Das Leben ist eine Inspiration. Jeder kann einen inspirieren.«

»Ja, um über das Grauen zu schreiben.« Zynisch lache ich auf. »Schau uns doch an: Wir sitzen hier an Weihnachten in einem Auto fest, trinken Punsch und reden Unsinn.«

»Ach, irgendwie ist das doch netter Unsinn. So wie mein Buch.«

»*Nett* ist das passende Wort.«

»Du bist lustig, Luna. Sehr lustig sogar.«

»Die Allerlustigste«, entgegne ich trocken.

»Und du bist einschüchternd. Ich glaube, man braucht Mut, um dich anzusprechen.«

»Mut nicht gerade, aber man sollte nicht komisch sein.«

»Okay. Und was verstehst du unter *komisch*?«, hakt er nach.

»Solche Sprüche wie: ›Hey, du siehst süß aus, darf ich dich vernaschen?‹ Da regt sich bei mir gar nichts.« Ich nehme noch einen Schluck Punsch und reiche ihm dann die Tasse, aus der er ebenfalls einen Schluck trinkt.

»Also, Punsch und Weihnachtslieder sind jetzt dein Plan?«, fragt er und gibt mir die Tasse zurück.

»Immerhin besser, als traurig hier zu sitzen.« Ich spüre, wie sich die entspannte

Stimmung allmählich im Auto ausbreitet. Erneut sehe ich aus dem Fenster, draußen fällt der Schnee immer dichter. »Ach, man wird uns schon finden.«

»Die Frage ist nur, wann.« Seine Augen blitzen auf, als hätte er seinen Spaß daran, diese Situation mit Humor zu nehmen.

Ich lehne mich zurück und versuche, die Anspannung loszulassen. »Hey, wie wär's: Jetzt, wo wir uns versöhnt haben, sollten wir das Beste daraus machen.«

Er hebt die Augenbrauen, überrascht von meinem Vorschlag. »Gute Idee. Das ist jedenfalls besser, als ständig ans verpasste Weihnachtsessen zu denken. Aber weißt du was? Manchmal nervt mich Weihnachten auch.«

»Ach was? Ehrlich? Dich alten Romantiker?« Ich kann mir kaum vorstellen, dass jemand wie er sich über Weihnachten beschwert.

Er lacht ein wenig verlegen und kratzt sich am Kopf. »Ja, in der Tat. Der ganze

Stress vor dem Fest, das ist einfach nicht normal.«

»Da sind wir uns ja ausnahmsweise mal einig.«

»Außerdem kaufe ich die Geschenke immer zu spät«, gesteht er, als ob das ein großes Geheimnis wäre.

»Und ich denke jedes Jahr, ich mache es beim nächsten Mal anders«, gebe ich zu und spüre eine unerwartete Verbundenheit in diesem Geständnis.

»Ich auch, doch das klappt nie.« Sein Lachen füllt den kleinen Raum und macht ihn irgendwie wärmer.

»Nein, nie.« Ich lasse meinen Blick zu ihm hinübergleiten. Er ist eigentlich gar nicht so schlimm, das muss ich zugeben. Vielleicht war es wirklich nur der Stress, der uns aneinandergeraten ließ.

»Was ist?« Seine Stimme wird weich, als er bemerkt, dass ich ihn einfach nur anschaue.

»Keine Ahnung. Vielleicht ist es der Punsch - oder die ganze Situation. Jedenfalls fühlt es sich gerade gar nicht so schlimm an.«

»Mit mir hier zu sitzen?«

»Ja.« Mein Blick bleibt an seinen Augen hängen, die im sanften Schein der Innenbeleuchtung warm leuchten.

Er nickt. »Stimmt, es könnte schlimmer sein.«

»Wollen wir das Ganze noch mal von vorn versuchen?«, frage ich ein wenig unsicher, aber hoffnungsvoll. Für einen Moment halte ich den Atem an.

Sein Gesicht hellt sich auf, und er reicht mir die Hand. »Okay.« Ein breites Grinsen legt sich auf seine Lippen. »Ich bin Lukas, und du?«

»Ich bin Luna.« Als unsere Hände sich berühren, kribbelt es in meinem Bauch – und das ist nicht dem Punsch geschuldet.

An Weihnachten geschehen
ganz viele Wunder,
und Wünsche werden wahr.

Wäre das hier ein Buch …

»Und du glaubst nicht an all diesen Kitsch? Romantik und so?« Lukas mustert mich mit leicht zusammengekniffenen Augen.

Ich zucke mit den Schultern und spiele mit der Thermoskanne in meiner Hand. »Ich finde es schon schön und sehe mir auch solche Filme an. Aber im echten Leben ist es ja oftmals nicht so. Und vielleicht war ich auch gerade nicht so in der Stimmung.«

»Also schaust du doch romantische Filme?« Er hebt eine Augenbraue.

»Hin und wieder«, gestehe ich etwas verlegen. »Ich meine, wer nicht? Doch die

Realität ist ja wie gesagt meistens anders.«

»Was ist denn dein Lieblingsfilm? Oder Lieblingsbuch?«, fragt er. Seinem Gesichtsausdruck nach zu schließen, interessiert ihn das wirklich.

Ich merke, wie ich leicht erröte. »Okay, also … *Liebe braucht keine Ferien*.«

»Ah, der Film. Da tauschen die Frauen ihre Häuser - das ist ja gar nicht so unmöglich, oder?«

»Nein. Doch dass dann der heiße Bruder bei Cameron Diaz auftaucht, ist schon eher unwahrscheinlich«, argumentiere ich. »Nur mal so als Beispiel.«

»Nun ja, aber schau mal, wir sitzen jetzt hier. Auch ziemlich unerwartet, oder? Du, die Lektorin, und ich, der Autor, hier im Auto, im Schnee …«

»Willst du damit etwa sagen, dass du der heiße Bruder bist?«

Er grinst. »Na, wenn das hier ein Film wäre, würdest du doch sicher auch sagen, dass es unmöglich ist, oder?«

»Vermutlich«, gestehe ich.

»Siehst du? Das ist diese Romantik, die existiert.«

»Du findest das hier romantisch?«

»Wäre es eine Szene in einem Buch, vermutlich schon. Aber mal ehrlich, hast du nie etwas Romantisches erlebt? Etwas, das einem Film nahekommt?«

Ich überlege kurz und lächle dann schief. »Doch, aber das war eher … absurd.«

»Jetzt bin ich neugierig. Erzähl.«

»Also gut«, beginne ich zögerlich. »Da war mal dieses Date. Er hatte einen Tisch in einem schicken Restaurant reserviert, doch als wir ankamen, hatten sie unsere Reservierung verloren, nicht notiert oder was auch immer. Jedenfalls bekamen wir keinen Tisch und landeten in einem Fast-Food-Restaurant. Dort kaufte er mir dann ein Happy Meal und meinte allen Ernstes: ›Das macht doch auch glücklich.‹«

Lukas starrt mich an und versucht, ernst zu bleiben. »Oh nein. Und das ist romantisch? Das Romantischste, was dir einfällt? Ein Happy Meal?«

Auch ich habe Mühe, mir das Lachen zu verkneifen. »Ja, irgendwie schon.«

Er schüttelt den Kopf. »Das ist echt traurig. Das können wir so nicht stehen lassen.«

»Was willst du tun? Etwas Romantisches für mich machen? Jetzt?« Ich grinse herausfordernd.

»Also, wenn das hier ein Buch wäre …«

»Was wäre dann?«

Er sieht mich an. »Das ist eine verrückte Idee, ich weiß. Aber nehmen wir doch mal meinen Roman zu Weihnachten, den du so doof findest.«

»*Doof* habe ich nicht gesagt. Nur ziemlich …«

»Jaja, fang jetzt bitte nicht wieder damit an. Jedenfalls treffen sich in meiner Geschichte auch zwei, die sich erst überhaupt nicht mögen, und dann nähern sie sich doch an. Merkst du was?«

Nachdenklich lege ich mir den Zeigefinger auf die Lippen. »Du willst jetzt aber nicht sagen, dass das hier genauso ist?«

»Na, wir nähern uns doch auch gerade einander an, oder?«

»Schon, aber ...« Ich räuspere mich.

»Wirst du gerade rot?«

»Nein, ich will nur sagen ...« Ich winke ab. »Ja, gut, so wie das hier mit uns kann eine Geschichte durchaus beginnen. Das gefällt mir besser als der Anfang, den du in deinem Manuskript hast. Da irrt sie herum und stößt mit jemandem zusammen. Da ist das hier schon spannender.«

»Ja, das sehe ich auch so. Die Sache ist nur die: Du meintest, dass es Romantik so nicht wirklich gibt.«

»Ich denke nur, dass sie unwahrscheinlich ist. Und ich habe sie nicht erlebt.«

»Weil du enttäuscht wurdest?«

Ich nicke. »Das ein oder andere Mal«, gebe ich zu.

»Das sollte dich aber nicht entmutigen. Ich bin mir sicher, dass Wunder passieren können.«

»Jaja. Und das hier ist also ein Wunder?«

»Hm, wer weiß.«

Da sitzen wir also im Auto, während draußen der Schnee unverändert vom Himmel fällt.

»Also gut«, sage ich und betrachte Lukas skeptisch. »Du möchtest wirklich all diese kitschigen Dinge tun? Eine Schneeballschlacht, einen Weihnachtsbaum schmücken und das alles?«

Lukas grinst breit. »Warum nicht? Es könnte doch Spaß machen. Und du hast gesagt, dass du dir insgeheim manchmal wünschst, solche Dinge selbst zu erleben.«

»Ich weiß nicht.« Ich beiße mir auf die Lippe. »Das klingt ein bisschen verrückt.«

»Verrückt zu sein macht Spaß. Du hast doch nichts zu verlieren.« Er öffnet die Autotür und wagt sich in die Kälte hinaus. »Komm schon, Luna, lass uns das machen!«

Ich bleibe noch für einen Moment im warmen Auto sitzen, doch dann kann ich nicht anders, als ihm zu folgen. Lukas steht mit verschränkten Armen vor dem Wagen und grinst in die verschneite Landschaft. Es ist absurd, aber irgendetwas an der ganzen Situation – und an ihm – lässt mich tatsächlich das Auto verlassen.

»Na schön«, murmele ich. Der kalte Wind weht mir ins Gesicht, und ich ziehe meine Winterjacke enger um mich. »Was machen wir zuerst?«

Lukas lacht leise. »Wie wäre es mit einer Schneeballschlacht?«

»Das ist dein Plan?«

»Ja!«

Ich bücke mich, nehme schnell eine Handvoll Schnee und forme einen Schneeball. »Na gut«, sage ich und werfe ihn direkt auf Lukas. Er duckt sich, aber mein Schneeball trifft ihn dennoch an der Schulter.

»Ah, das ist also Krieg!«, ruft er und greift sich ebenfalls eine Handvoll Schnee.

Schon bald fliegen die Schneebälle hin und her, und ich lache lauter, als ich es erwartet hätte. Lukas hatte recht – das macht tatsächlich Spaß. Der Schnee knirscht unter unseren Füßen, während wir uns gegenseitig damit bewerfen. Für einen Moment vergesse ich alles: den Stress, den Ärger … Alles kommt mir so leicht vor.

»Okay, okay«, rufe ich nach einer Weile und strecke die Arme in die Luft. »Du hast gewonnen!«

Lukas kommt zu mir her, seine Wangen sind gerötet vor Kälte. »Das war doch erst der Anfang. Als Nächstes dachte ich …«

»Oh nein, was kommt jetzt?«

»Na, du wolltest doch wissen, wie es in den Büchern ist. Nun schmücken wir einen Weihnachtsbaum.«

»Hier draußen? Wir haben nicht mal einen Baum!«

Lukas schaut sich um. »Wir sind im Wald. Such dir einen aus.«

Ich sehe ihn an und kann nicht anders, als erneut zu lachen. »Du bist wirklich verrückt.«

»Na also, ich bin doch ein Romantiker, oder?« Er zwinkert mir zu.

Vielleicht stimmt es ja. Vielleicht ist es das, was ich brauche: ein bisschen Verrücktheit, ein bisschen Magie - und sogar ein bisschen Romantik.

Die wahre Kunst

»Und was soll daran romantisch sein? Hier gibt es nichts als Schnee und Bäume, und dazu ist es schweinekalt ...« Ungläubig schüttele ich den Kopf.

Lukas betrachtet den verschneiten Wald, als würde er darin ein Geheimnis erkennen. »Es geht nicht darum, was du siehst, sondern was du daraus machst. Stell dir vor, wir wären nicht einfach nur mit unseren Autos im Wald, sondern in einem geheimen Winterwunderland, und der Weihnachtsstern hätte uns hierhergeführt.«

»Du spinnst«, murmele ich, dennoch muss ich leicht schmunzeln.

»Ich meine es vollkommen ernst. Glaub einfach daran.«

Nun verschwindet Lukas zwischen den Bäumen. Verwundert bleibe ich stehen und frage mich, was er da wohl macht. Nach ein paar Minuten taucht er mit einem schief gewachsenen Tannenzweig in der Hand wieder auf.

»Das ist dein Weihnachtsbaum?« Ich lache laut auf.

»Ja, riech mal daran.« Er hält mir den Zweig vors Gesicht, und augenblicklich steigt mir der Duft von frischem Tannengrün in die Nase. Es riecht tatsächlich nach Weihnachten.

»Okay, das ist nicht schlecht«, gebe ich zu.

»Und jetzt schmücken wir ihn«, meint er mit einem breiten Grinsen, während er seine Taschen durchsucht. »Wir haben doch sicher irgendwas Nützliches dabei, das wir verwenden können.«

Ich runzele die Stirn und ziehe einen alten Schlüsselanhänger aus meiner Tasche, während Lukas eine ziemlich zerknitterte Quittung und einen Stift hervorkramt. »Und damit willst du den Baum schmücken? Mit einer Quittung? Hattest du nicht eine Kiste mit Weihnachtsschmuck dabei, als wir auf dem Parkplatz zusammengestoßen sind?«

»Jap, das stimmt.«

»Sah wertvoll aus. Was war das eigentlich?«

»Der Weihnachtsschmuck meiner Familie. Und es stimmt, er hat einen gewissen Wert, weil er teilweise sehr alt ist. Aber noch höher ist für uns der ideelle Wert, denn der Schmuck wurde über Generationen hinweg gesammelt und immer weitergereicht.«

»Wollen wir ihn für den Zweig hier nehmen?«

»Warum nicht?«, antwortet er eifrig. »Das ist die wahre Kunst: etwas mit den Dingen zu erschaffen, die man gerade greifbar hat. Und wenn es auch nur ein krummer Tannenzweig ist.«

Er holt die Kiste aus dem Kofferraum seines Wagens, und gemeinsam hängen wir einige Glaskugeln an den Zweig. Anschließend leuchtet Lukas mit der Taschenlampe seines Handys darauf, sodass sich das Licht darin spiegelt.

»Gar nicht so schlecht«, gebe ich überrascht zu.

Mit einem triumphierenden Blick betrachtet Lukas unser Werk. »Ja, das sieht wirklich schön aus.«

Nach einer Weile spüren wir die Kälte immer stärker. »Jetzt sollten wir vielleicht ins Warme zurück«, schlägt er vor. »Es sei denn, du möchtest hier draußen erfrieren.«

Ich schüttele den Kopf. »Nein, danke. Darauf kann ich gern verzichten.«

Während wir zurück zum Auto stapfen, spüre ich, wie die Spannung zwischen uns nachlässt. Die seltsame Nähe, die während unserer Streitereien entstanden ist, fühlt sich jetzt beinahe angenehm an.

Wir setzen uns wieder auf die Rückbank meines Wagens. »Ich habe noch etwas kalten Punsch«, sage ich und reiche Lukas die Tasse.

»Perfekt für den echten Winterzauber.« Er nimmt einen Schluck und reicht sie mir dann zurück.

Einen Moment lang sitzen wir schweigend nebeneinander. Die Stille zwischen uns fühlt sich nicht unangenehm an, sondern fast schon friedlich.

»Weißt du«, beginne ich schließlich, »vielleicht gibt es doch etwas an dieser ganzen Romantik, das ich jetzt verstanden habe.«

Lukas hebt eine Augenbraue. »Oh. Und was ist das?«

»Dass es nicht immer die großen Gesten sein müssen. Manchmal sind es die kleinen Dinge, wie einen Tannenzweig zu schmücken und im Auto Punsch zu trinken, während draußen der Schnee fällt. Oder eine Schneeballschlacht, wenn man mitten im Wald festsitzt.«

»Ich habe doch gesagt, Romantik ist einfach. Es ist das, was du daraus machst«, antwortet Lukas, und seine Stimme klingt ein wenig belegt.

»Und was würdest du jetzt sagen?«, hake ich neugierig nach.

»Dass wir gerade einen weiteren romantischen Moment hatten.« Er lacht leise. »Schau uns an. Wir sitzen hier mitten im Nirgendwo, trinken Punsch und frieren uns die Zehen ab. Doch es fühlt sich nicht schlecht an, oder?«

»Nein«, gestehe ich und lehne mich in meinem Sitz zurück. »Es fühlt sich tatsächlich gut an.«

»Weißt du, was mir an Weihnachten am besten gefällt?«, fragt er plötzlich.

»Was denn?«

»Dass es eine Zeit ist, in der man innehalten kann. Die meisten Menschen sind so beschäftigt, aber an Weihnachten haben sie endlich mal Zeit füreinander. Zeit, um zu reden, zu lachen oder einfach nur zusammenzusitzen, so wie wir gerade.«

Ich nicke, während ich darüber nachdenke. »Stimmt. Es ist irgendwie die einzige Zeit im Jahr, in der man sich erlaubt, die kleinen Dinge zu genießen.«

Lukas dreht sich zu mir und sieht mich direkt an. »Also, was möchtest du jetzt tun? Noch einen Moment genießen? Oder vielleicht etwas ganz Verrücktes machen?«

»Etwas ganz Verrücktes? Was genau hast du im Sinn?«

»Tanzen im Schnee - das, was in den romantischen Filmen immer so kitschig dargestellt wird.«

»Wirklich?« Ich tue es erst als Spaß ab, merke jedoch recht schnell, dass er es ernst meint. Ohne lange nachzudenken, lasse ich mich einfach darauf ein.

Gemeinsam steigen wir wieder aus dem Auto, und ehe ich mich versehe, greift Lukas nach meinen Händen und beginnt, sich zusammen mit mir im Takt einer imaginären Melodie zu wiegen. Wir drehen uns um die eigene Achse, immer schneller. Ich fühle mich unheimlich frei und muss zugeben, dass ich es wirklich genieße.

Irgendwann bleiben wir atemlos stehen. »Okay, geschafft«, sage ich und keuche dabei leise.

»Noch nicht ganz«, flüstert Lukas.

Als er mich nun unerwartet mit den Händen an sich zieht, strahlen seine Augen im diffusen Licht. Während sich mein Puls beschleunigt, scheint sich die Welt um uns herum langsamer zu drehen. Unsere Gesichter sind nur noch wenige Zentimeter voneinander entfernt.

Ganz leicht neigt Lukas seinen Kopf zu mir, als wollte er mich küssen. Doch kurz vor meinem Mund hält er inne, und ich spüre seinen warmen Atem, der mein Gesicht streichelt. Es ist dieser Moment, in dem ich fast sicher bin, dass gleich etwas passieren wird.

Aber er sieht mich nur an. Die Sekunden verrinnen und fühlen sich an wie eine kleine Ewigkeit. Irgendwann raunt er mir zu: »Setzen wir uns wieder ins Auto, ja?«

Ich nicke, und während wir gemeinsam zurückgehen, schwebt der Moment des

Beinahe-Kusses noch in der Luft, als würde er auf den richtigen Augenblick warten.

Irgendwie schon romantisch.

Das ist die wahre Kunst:
etwas mit den Dingen
zu erschaffen, die man
gerade greifbar hat.

Magische Wunschplätzchen

Das Auto fühlt sich an wie ein kleiner, warmer Zufluchtsort. Als wir uns wieder hineinsetzen, merke ich, wie sich ein Lächeln auf meinem Gesicht ausbreitet.

»Okay, und was darf an Weihnachten ebenfalls nicht fehlen?« Lukas sieht mich erwartungsvoll an.

»Die Bescherung?«, antworte ich zögerlich. »Sag nur nicht, du hast zufällig irgendwelche Geschenke im Auto.«

Eigentlich wäre es jetzt ja der richtige Zeitpunkt für die Bescherung. Draußen wird es bereits dunkel, und ein Blick auf die Uhr an meinem Handy verrät mir, dass meine Familie zu Hause wohl gerade vor dem Weihnachtsbaum sitzt und Geschenke austauscht.

»Vielleicht ja doch?« Lukas grinst. »Ich habe eine Idee. Lass uns das Ganze etwas spannend machen. Wie wäre es, wenn wir beide nach einem Geschenk für den jeweils anderen suchen? Sagen wir mal, wir haben fünfzehn Minuten Zeit, um etwas zu finden.«

Lachend schaue ich mich in meinem Auto um. »Und was, wenn ich nichts finde?«

»Dann wird es eben kreativ!« Lukas' Augen funkeln herausfordernd. »Du hast bestimmt irgendwas dabei. Los, fünfzehn Minuten!«

Kurz zögere ich, dann recke ich den Daumen nach oben. »Okay, Challenge accepted.« Wir tauschen noch einen kurzen Blick, ehe wir beginnen, hektisch durch unsere Sachen zu kramen – ich in meinem und Lukas in seinem Auto.

Als ich meine Handtasche durchwühle, finde ich ein paar alte Bonbons, eine Packung Papiertaschentücher, einen Schlüsselanhänger und den Stressball, den ich mir in einem Moment des Frustes mal gekauft habe. Ein perfektes Geschenk, denke ich schmunzelnd.

Nach einer Viertelstunde steigt Lukas wieder zu mir ins Auto und hat ein leichtes Grinsen im Gesicht. »Na, was hast du gefunden?«, frage ich ihn gespannt.

Er hält mir ein kleines Päckchen hin, das notdürftig in ein Blatt Zeitungspapier gewickelt und mit einem Stück Schnur zusammengebunden ist. »Das hier ist für dich.«

Ich nehme es vorsichtig entgegen und löse die Verpackung. Ein kleines in Leder gebundenes Notizbuch kommt zum Vorschein, mit leeren Seiten, die darauf warten, gefüllt zu werden.

»Wow. Das hattest du dabei?«, flüstere ich, während ich das Buch bewundere.

»Eigentlich habe ich es für mich selbst gekauft, aber ich denke, es passt viel besser zu dir«, erklärt Lukas. »Ich wollte dir etwas schenken, das du immer bei dir haben kannst. Vielleicht, um die Augenblicke festzuhalten, die dich glücklich machen. Nicht die Momente aus den Büchern, die andere geschrieben haben, sondern die aus deiner eigenen Geschichte.«

Meine Augen brennen leicht, und ich bin tief berührt. »Das ist wunderschön, Lukas. Danke.«

Er lächelt, und für einen Moment herrscht eine tiefe, wohlige Stille zwischen uns. Dann erinnere ich mich an meine Geschenke und reiche ihm den Schlüsselanhänger und den Stressball. Beides habe ich in Papiertaschentücher eingewickelt. »Hier, ich habe auch was für dich. Aber fairerweise muss ich sagen, dass ich es in einem anderen Kontext gekauft habe.« Leicht verlegen lächele ich.

»Na, dann mal her damit.« Neugierig öffnet Lukas das erste Päckchen. Zum Vorschein kommt der kleine Schlüsselanhänger in Form eines Buches, auf dem die Worte »Der größte Kritiker aller Zeiten«

aufgedruckt sind. Er lacht leise. »Das ist … nett.«

»Oh Mann«, murmele ich. »Als ich es damals gekauft habe, fand ich es witziger.«

»Und was ist das andere Geschenk?« Schnell öffnet er das zweite Päckchen und hält gleich darauf den Stressball in Form eines Schneemanns in den Händen.

»Ich dachte, der könnte nützlich sein – falls du es mal mit mir nicht mehr aushältst«, bemerke ich mit einem Augenzwinkern.

Lukas grinst breit. Unsere Blicke treffen sich, und für einen Moment herrscht diese Spannung zwischen uns. Es ist, als würde der Innenraum meines Wagens plötzlich kleiner werden – und wärmer, obwohl draußen immer noch Schnee fällt.

»Und jetzt?«, fragt er leise.

»Jetzt? Ich weiß auch nicht.« Meine Stimme klingt rau und irgendwie ein wenig fremd.

Lukas beugt sich zu mir und ist mir auf einmal so nah, dass ich seinen Atem in meinem Gesicht spüre. Es ist kein überstürzter Moment, kein dramatischer Kuss, nur ein sanftes, langsames Näherkommen, als unsere Lippen sich schließlich berühren. Der Kuss ist weich, zärtlich und lässt die Welt um uns herum verschwinden.

Nachdem wir uns wieder voneinander gelöst haben, suche ich seinen Blick. »Das Plätzchen, mit dem ich dich fast umgebracht hätte, hat vielleicht doch etwas Magisches bewirkt«, sage ich leise.

Lukas lacht. »Du meinst, fast jemanden zu vergiften und ihn dann zu küssen, ist deine Art, Magie zu erzeugen?«

»Vielleicht schon«, entgegne ich vielsagend. »Lene ist sich jedenfalls sicher, dass ihre Plätzchen Wünsche erfüllen. Glaubst du, dass sich durch dieses beinahe tödliche Plätzchen tatsächlich mein Wunsch erfüllt hat?«

»Was hast du dir denn gewünscht?«

Ich werde rot. »Ganz ehrlich? Dass ich das mit diesem störrischen Autor hinbekomme.«

Mit einem schelmischen Funkeln in den Augen sieht Lukas mich an. »Wer weiß, vielleicht war das Plätzchen wirklich magisch. Vielleicht hat es uns ja genau an diesen Ort gebracht. Dich und den störrischen Autor.«

»Ja, wer weiß.«

Wieder zieht Lukas mich sanft zu sich. »Ehrlich gesagt bin ich froh, dass wir hier sind. Und bevor ich es vergesse ...« Er senkt den Kopf ein wenig, und seine Lippen berühren sanft meine Stirn. »Frohe Weihnachten, Luna.«

Mein Herz setzt einen kleinen Moment lang aus, dann lächele ich. »Frohe Weihnachten, Lukas.«

Die richtige Zeit

Ich schmiege mich noch enger an Lukas und kann nicht anders, als mich zu fragen, wie absurd und zugleich magisch dieser Tag und jetzt auch der Abend geworden sind. Wer hätte gedacht, dass ich mit einem Mann, den ich vor Kurzem noch verflucht habe, hier festsitzen und so einen schönen, völlig unerwarteten Heiligabend erleben würde?

»Also, diese magischen Plätzchen …«, beginne ich etwas verlegen. »Glaubst du wirklich, dass sie Wünsche erfüllen?«

Lukas lacht leise. »Na ja, du hast es selbst gesagt. Du hast dir gewünscht, dass du es mit dem störrischen Autor hinbekommst, oder? Und jetzt sitzen wir hier, warm eingepackt, nach einem …« Er zögert kurz und grinst dann verschmitzt. »Nach einem romantischen Moment. Vielleicht war es ja wirklich das Plätzchen, das uns zusammengebracht hat.«

»Oder meine fabelhafte Fähigkeit, beinahe jemanden zu vergiften«, scherze ich. In mir spüre ich jedoch dieses leise Kribbeln, das mir sagt, dass an der Sache eventuell doch etwas Wahres dran ist. Ob Magie oder nicht, jedenfalls fühlt es sich besonders an.

»Möglicherweise war es das – oder auch etwas ganz anderes«, murmelt Lukas und sieht mir tief in die Augen. »Vielleicht war es einfach die richtige Zeit.«

Für einen Moment verstummen wir beide und lassen das Knistern in der Luft für sich sprechen. Alles um uns herum scheint still und ruhig, wie in einer kleinen Schneekugel, die gerade sanft geschüttelt wurde und in der sich der Schnee nun wieder setzt. Nur die Flocken, die von außen gegen die Autoscheiben prasseln, sind zu hören, während Lukas meine Hand sanft drückt.

»Weißt du«, sage ich, »ich hätte nie gedacht, dass ich Weihnachten auf diese Weise verbringen würde, aber es fühlt sich genau richtig an. Auch wenn es nie wieder ein Weihnachten wie dieses geben wird, da bin ich mir sicher.«

Lukas lächelt. »*Kein Weihnachten wie dieses* – das hört sich nach einem schönen Buchtitel an.«

»Stimmt.«

Wieder sind wir uns so nah. Und irgendwie überkommt es mich. Ja, die Romantik. Ich wollte nicht daran glauben, doch das hier ist schon echt romantisch. Und magisch.

Zärtlich fährt Lukas mit dem Zeigefinger die Konturen meines Gesichts nach. »Woran denkst du gerade?«

»Dass die Romantik vielleicht doch existiert – und dass es mit dir gar nicht so übel ist.« Als ich die Worte ausspreche, schlägt mein Herz schneller.

»Wirklich?«

»Ja, wirklich.«

Fast wie von selbst rücken wir noch näher zusammen – falls das überhaupt möglich ist. Wir sehen uns an, und auf einmal ist sie wieder da, diese Sehnsucht nach mehr. Unsere Blicke haften aufeinander, nichts ist mehr zwischen uns. Mein Herz schlägt wild in meiner Brust, hämmert gegen meine Rippen. Meine Lippen prickeln, ehe sie endlich die seinen finden. Zuerst küsst Lukas mich zaghaft und vorsichtig, als wollte er fragen, ob er das überhaupt tun darf, dann werden seine Küsse immer fordernder.

Die Welt draußen scheint stillzustehen, während wir uns in der Wärme des Autos weiter küssen. Es ist, als hätten wir in diesem Moment nur uns, den Schnee, der leise auf die Scheiben fällt, und die Winternacht um uns herum. Und ja, vielleicht ist hier und heute etwas Magisches passiert.

Wer braucht schon eine
romantische Geschichte,
wenn das echte Leben
so viel kitschiger ist?

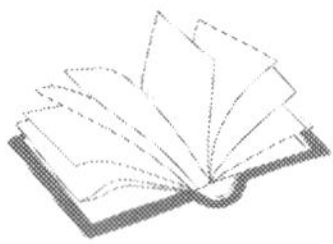

Eine Geschichte beginnt

Als am nächsten Morgen das erste Licht des Tages durch die Autofenster dringt, ist noch alles still. Lukas und ich liegen eng aneinandergekuschelt auf dem Rücksitz, eingehüllt in Decken und die Wärme der letzten Nacht.

Doch plötzlich klopft jemand an die Scheibe, und die Realität holt uns brutal ein. Eine Stimme lässt uns hochschrecken.

»Entschuldigung, geht es Ihnen gut?« Es ist ein Polizist, der sich zum Fenster herunterbeugt und uns besorgt mustert. »Frohe Weihnachten wünsche ich Ihnen. Waren Sie etwa die ganze Nacht hier?«

Ich richte mich schnell auf und bin noch völlig benommen von den Ereignissen, die hinter uns liegen.

Lukas reibt sich den Schlaf aus den Augen und windet sich aus unserem kuscheligen Durcheinander. Er schenkt erst mir ein zärtliches Lächeln, dann wendet er sich dem Polizisten zu. »Danke, ebenfalls. Ja, wir sind hier gestrandet. Wie haben Sie uns gefunden?«

»Mein Kollege und ich sind Streife gefahren und haben Ihre Autos gesehen.«

»Gestern ging absolut nichts mehr vorwärts«, erklärt Lukas. Er zieht sich seinen Mantel an und steigt schließlich aus. Auch ich strecke mich und verlasse das Auto.

»War wohl ein verrückter Tag gestern. Und Sie haben einen Platten?«, fragt der eine Polizist, während der andere sich den Reifen von Lukas' Auto ansieht.

»Und mein Wagen ist einfach nicht mehr angesprungen«, berichte ich. »Zudem hatten wir keinen Handyempfang.«

»Lassen Sie mich mal versuchen«, meint der Polizist.

Ich reiche ihm den Autoschlüssel, und er setzt sich hinters Steuer. Erst ertönt nur ein schwaches Stottern, doch nach ein paar Versuchen wird das Stottern zu einem lauten Brummen – und der Motor springt tatsächlich wieder an.

»Sicher war nur etwas mit dem Anlasser. Eine vorübergehende Störung, wer weiß aus welchem Grund. Das kann hin und wieder mal vorkommen.« Der Polizist lächelt. »Glück gehabt. Hauptsache, es funktioniert jetzt wieder. Sie sollten aber bald losfahren, bevor das nächste Schneetief aufzieht.«

Erleichtert werfe ich einen Blick auf mein Handy. »Unglaublich, der Empfang ist auch wieder da«, sage ich zu Lukas.

»Schon verrückt«, murmelt er. »Für manche Dinge scheint es einfach keine rationale Erklärung zu geben.«

»Alles klar, dann kommen Sie gut nach Hause. Sicher werden Sie von Ihren Familien schon vermisst«, vermutet der Polizist, der mein Auto wieder zum Laufen gebracht hat.

»Danke«, entgegne ich, während in meinem Kopf die Gedanken kreisen. Was wird jetzt passieren? Was folgt auf diese Nacht? So viele Fragen …

Lukas sieht mich an, unsere Blicke treffen sich. »Also dann … Ich sammele mal eben noch den Weihnachtsschmuck ein«, sagt er verlegen.

Ich nicke. »Stimmt, unser improvisierter Baum.«

»Wir hören uns, ja?«

»Ja, sicher«, antworte ich zögernd.

Ich steige in mein Auto, fahre an ihm vorbei und schließlich die Straße hinunter. Mein Herz pocht, und ich weiß nicht, wie ich mich fühlen soll. Da sind so viele Fragen, auf die ich so wenig Antworten habe.

Kurz nachdem ich die Hauptstraße erreicht habe, halte ich am Straßenrand an, um ein wenig durchzuatmen. Ich beschließe, Lene anzurufen.

»Na, wie war dein Heiligabend? Alles gut geklappt?«, will sie wissen, nachdem sie das Gespräch angenommen hat. »Ich habe so oft an dich gedacht.«

Ich seufze. »Deine Kekse, Lene … Ich weiß nicht, entweder haben sie wirklich magische Kräfte, oder ich werde verrückt.«

»Was ist passiert?«

»Ich bin mit diesem Autor zusammengestoßen. Wir konnten nicht mehr weiterfahren und haben den Tag und die Nacht zusammen im Auto verbracht. Stell dir vor, es ist tatsächlich der Typ mit der Nussallergie!«

»Was? Das ist nicht dein Ernst! Hat der Stern etwa wieder zugeschlagen? Oder waren es doch die Plätzchen?«

»Mama, wer wurde geschlagen?«, höre ich ihren kleinen Sohn im Hintergrund fragen.

»Niemand wurde geschlagen, Felix.« Sie lacht. »Also, Luna, erzähl weiter.«

»Ich weiß auch nicht, ich habe ja nie an Romantik geglaubt. Aber sie war plötzlich da, und jetzt bin ich völlig überfordert. Eigentlich sollte ich Lukas ja nur dazu bringen, den Vertrag mit dem Verlag zu unterschreiben, doch das war am Ende irgendwie gar nicht mehr wichtig. Und mein Chef hat sich auch schon gemeldet. Er möchte wissen, ob es geklappt hat. Was mache ich denn jetzt?«

»Erst mal durchatmen. Dann fährst du zu deiner Familie und schreibst deinem Lukas eine Nachricht. Du hast doch seine Nummer, oder?«

»Nur seine E-Mail-Adresse.«

»Na also, dann schreibst du ihm eine E-Mail. Ihr habt den Heiligabend und die Nacht zusammen in einem Auto verbracht, das ist doch schon mal was!«

Nach einer dreistündigen Fahrt komme ich endlich bei meiner Familie an, die von dem, was passiert ist, überhaupt nichts wusste und sich bis zu meinem Anruf vorhin schreckliche Sorgen machte. Nun empfangen mich alle ganz liebevoll.

Während des Weihnachtsessens denke ich ständig an Lukas. Soll ich ihm schreiben, so wie Lene es vorgeschlagen hat? Oder ist das zu aufdringlich?

Plötzlich entdecke ich auf meinem Handy eine E-Mail. Sie stammt von Lukas und ist an meinen Chef adressiert, mich hat er in CC genommen.

Sehr geehrter Herr Jörgens,
nach reiflicher Überlegung habe ich mich entschieden, mit Ihnen ein Gespräch wegen meines Vertrags zu führen. Über einen kurzfristigen Termin freue ich mich.
Mit freundlichen Grüßen
Lukas Herzberg

Mein Herz rutscht gefühlt drei Meter tiefer. Was soll das bedeuten?

Während ich noch überlege, was ich tun soll, klingelt mein Handy. Es ist Herr Jörgens. »Was haben Sie angestellt?«, fragt er mich ohne Umschweife.

»Ähm, nichts, wirklich«, stottere ich. »Wir haben miteinander gesprochen, und Herr Herzberg meinte, er müsse nachdenken.«

»Gut, ich mache einen Termin mit ihm aus«, antwortet er knapp und legt ohne Gruß sofort auf.

Ich bin total durcheinander. Warum hat Lukas nicht direkt mich angeschrieben?

Gerade will ich ihm eine E-Mail senden, als ich es an der Tür klingeln höre.

»Luna, da ist jemand für dich«, ruft mein Vater wenige Sekunden später und klopft dabei an die Tür meines Zimmers. Er klingt ziemlich verwirrt. »Der Mann sagt, er bräuchte seine Lektorin.«

Ich trete hinaus in den Flur und kann es kaum glauben. An der Haustür steht Lukas, der mich breit angrinst.

»Was machst du denn hier?«, frage ich perplex.

»Ich konnte nicht aufhören, an dich zu denken, und wollte nicht, dass unsere Geschichte hier endet«, antwortet er, während er mir zärtlich über das Gesicht streicht.

Mein Herzschlag geht schneller, und plötzlich fühlt es sich an, als wäre alles wieder magisch, genau wie in der vergangenen Nacht. »Ich will auch mehr«, flüstere ich.

Und das ist der Moment, in dem ich ihn an mich ziehe und ihn küsse. Draußen fällt leise der Schnee, und drinnen, in meinem warmen Zuhause, beginnt nun für Lukas und mich unsere gemeinsame Geschichte.

Epilog

Ein Jahr später sitze ich im Verlag in meinem Büro, umgeben von Manuskripten und dem Duft von frischem Kaffee. Vor mir liegt »Kein Weihnachten wie dieses« – der Roman, den Lukas geschrieben hat. Er ist ein Bestseller geworden. Natürlich ist die Geschichte romantischer, als sie in Wirklichkeit war, doch irgendwie passt es. Wer hätte gedacht, dass unser chaotischer Heiligabend zu einem solchen Erfolg führt?

Mein Handy klingelt, und Lukas' Name leuchtet auf dem Display auf.

»Bereit für unser nächstes Weihnachtsabenteuer?«, fragt er mich unvermittelt.

Ich lache. »Bitte sag mir, dass es in diesem Jahr keine kaputten Autos und keine beinahe tödlichen Nussallergien geben wird.«

»Keine Versprechen«, antwortet er. Seiner Stimme höre ich an, dass er grinst. »Aber ich dachte, wir könnten zumindest sicherstellen, dass wir nicht wieder in einem Auto festsitzen.«

»Klingt vernünftig.« Ich lehne mich in meinem Bürosessel zurück. »Und was hast du stattdessen geplant?«

»Vielleicht einen gemütlichen Abend bei mir, ohne Schneechaos und Plätzchen, die einen beinahe umbringen? Und mit einem richtig schönen Weihnachtsbaum, den wir nicht aus dem Wald stehlen müssen.«

»Du meinst, kein improvisierter Weihnachtsbaum aus einem krummen Tannenzweig, den du irgendwo im Wald gefunden hast?«

»Ganz genau. Diesmal machen wir es richtig.«

Ich grinse ebenfalls. »Das klingt nach einem guten Plan. Und keine Sorge, ich bringe auch keine magischen Nussplätzchen mit.«

»Das wäre sehr nett, danke.« Seine Stimme wird etwas sanfter. »Aber mal ehrlich, Luna – ich habe das Gefühl, dass dieses Weihnachtsfest mindestens genauso besonders werden könnte wie das letzte.«

»Ja, doch diesmal bitte ohne die ganzen Pannen«, scherze ich. »Ich habe keine Lust, am Weihnachtsmorgen wieder von der Polizei geweckt zu werden.«

»Deal«, antwortet Lukas und schickt mir noch einen Kuss durch die Leitung. »Bis später, okay?«

Ich lege auf und blicke wieder auf das Buch vor mir. Das letzte Weihnachtsfest war definitiv unvergesslich, aber vielleicht wird es in diesem Jahr noch besser – nur Lukas und ich, ohne Stress und mit ein bisschen weniger Chaos. Aber wer weiß? Irgendwie scheint das Chaos uns zu finden, egal, wie sorgfältig wir auch planen.

Als ich etwas später das Büro verlasse, denke ich noch einmal zurück an das vergangene Jahr. Ja, es war kein Weihnachtsfest wie jedes andere. Es war chaotisch, voller Missgeschicke und Überraschungen. Doch genau das hat es zu dem gemacht, was es war: etwas Einzigartiges, das Lukas und mich zusammengeführt hat. Wer hätte gedacht, dass der Kitsch, vor dem ich immer davongelaufen bin, am Ende mein Herz erobert? Und wer weiß, was die Romantik noch für uns bereithält.

Vielleicht wird kein Weihnachten mehr wie dieses sein, aber eines weiß ich sicher: Seit jenem Tag sind Lukas und ich zusammen, und es fühlt sich so an, als wäre von nun an jedes Weihnachtsfest eine kleine Fortsetzung unserer ganz eigenen Geschichte.

ENDE – UND DOCH ERST DER ANFANG …

Ein Dankeschön und Gratisgeschenk

Melde dich auf meiner Website michelle-schrenk.de für den Newsletter an und verpasse in Zukunft keine Neuigkeiten mehr. Als Dank für deine Treue bekommst du dort kostenlose Bücher und Bonuskapitel.

Meine liebe Leserin, mein lieber Leser,
an dieser Stelle möchte ich dir vielmals danken, dass du dieses Buch gelesen hast und meine Bücher liebst. Ich hoffe, dir hat diese Geschichte Freude bereitet. Vielleicht hat sie dein Herz berührt, und ich konnte

dich für kurze Zeit aus dem Alltag entführen. Es ist einfach wundervoll, dass du mich auf dieser Reise begleitest. Ich liebe den Austausch mit euch allen, egal auf welchem Weg. Schreibe mir also immer gern. Falls du mir mal zufällig irgendwo begegnen solltest, kannst du mich natürlich auch jederzeit ansprechen. ☺
Wenn dir diese Geschichte gefallen hat, dann lass es mich doch bitte wissen. Schreibe mir gern eine Rezension bei Amazon, denn das ist ganz wichtig für uns Autoren. Besuche mich auf Facebook und Instagram oder folge mir auf Amazon. Werde einer meiner Insider auf WhatsApp, dort gibt es immer ganz besondere News. Ich lasse dich an Coverabstimmungen teilhaben, oder wir plaudern einfach ein wenig. Hinterlasse ein Däumchen oder einen Kommentar, wie und wo auch immer. Ich freue mich über jede Rückmeldung.

Ganz lieben Dank!
Deine Michelle

Im Anschluss findest du weitere Bücher von mir, die ich dir ebenfalls ans Herz legen möchte.

Mehr über mich und meine Bücher gibt es auch hier:

- Website: michelleschrenk.de
- Facebook: MichelleSchrenkAutorin
- Instagram: michelle_schrenk_autorin

Folge mir auch auf meiner Autorenseite bei Amazon!

Weihnachtsliebe auf Bestellung

Was braucht man für einen Neustart im Leben, und das mitten in der Weihnachtszeit? Klar, ein paar Wünsche. Doch Lene glaubt längst nicht mehr daran, dass Weihnachtswünsche wahr werden. Schon gar nicht in dem kleinen Dorf Winterberg, wo sie samt ihrem kleinen Sohn, einer verrückten Mutter und einem tragischen Vorfall mit einem Hasen im Gepäck anreist. Denn zwischen all dem Chaos muss sie auch noch herausfinden, was sie eigentlich im Leben will. Natürlich ihren Sohn glücklich machen. Da ist aber auch die Leidenschaft fürs Backen, ebenso wie ihr Traum von einem eigenen Café.

Widerwillig lässt sich Lene in einer feuchtfröhlichen Nacht dazu hinreißen, einige Wunschbestellungen an den Stern der Weihnacht aufzugeben. Soll er doch mal zeigen, was er kann. Prompt landen die Wünsche auch noch im Garten ihres attraktiven Nachbarn Josh. Der bietet sich bereitwillig an, einen ihrer Wünsche gleich zu erfüllen. Ist ja nur ein Kuss, denkt sich Lene, doch der stellt alles auf den Kopf. Zwischen Puderzuckerträumen und Sternenstaubchaos werden die Karten im Leben ab und an neu gemischt …

Das ist ja ’ne schöne Bescherung

Marit Bernson / Michelle Schrenk

Anna und Weihnachten – das passt dieses Jahr so gar nicht zusammen. Für sie sind Wunder und Weihnachtszauber nur noch leere Worte. Ihr Plan: bei ihren Eltern entspannen und das Fest stressfrei vorbeiziehen lassen.

Doch als ihre Eltern spontan beschließen, in den Urlaub zu fliegen, steht Anna plötzlich vor der Aufgabe, das gesamte Weihnachtsfest allein zu organisieren – inklusive Baum, Deko, und natürlich Festessen. Chaos vorprogrammiert!

Als wäre das nicht genug, muss sie sich auch noch mit Jan herumschlagen – dem lästigen, aber unverschämt attraktiven Kerl, der sich in der Einliegerwohnung ihrer Eltern eingenistet hat. Zwischen Lichterketten-Katastrophen, misslungenem Sauerteig und Schneeballschlachten liefern sich die beiden einen ganz und gar unweihnachtlichen Kleinkrieg. Und je näher das Fest rückt, desto mehr funkt es …

Eine humorvolle und romantische Geschichte über zweite Chancen, den Zauber von Weihnachten und die Magie der kleinen Wunder.

Lebkuchen, Liebe und sonstiges Chaos

Wenn ein pieselndes Reh einen Wunsch entfacht, kann es doch nur chaotisch werden, oder?

Lele Sternhagel macht beim Besuch des Christkindlesmarkts ihrem Namen alle Ehre. Aber sie hat auch allen Grund dazu, denn sie wurde in der ach so besinnlichen Zeit mal wieder abserviert. Von wegen in der Winterzeit werden Wünsche wahr. Da stellt sich die Frage: Ist der Weihnachtsstern, der angeblich Wünsche wahrmacht, ein Glücksbringer oder eher ein Unglücksstern? Lele bringt er jedenfalls dazu, von pieselnden Rehen zu singen und die Schaufensterscheibe eines Cafés zu beschmieren, worüber dessen Besitzer Nikolai, ein heißer Lebkuchenbäcker, natürlich alles andere als begeistert ist.
Als die beiden sich unerwartet wiedersehen, schlägt er Lele einen Deal vor: Sie soll in seiner Lebkuchenwerkstatt aushelfen und damit ihre Untat abarbeiten. Na toll. Nicht gerade die beste Option, um dem Weihnachtstrubel zu entfliehen – zumal Lele keine Lust auf erneuten Herzschmerz hat und Nikolais Küsse schon ziemlich verführerisch schmecken …

Das Leben ist (k)ein Wunschzettel

Perfekter Freund – check. Perfekter Job – check. Perfektes Leben – check. Eigentlich haben sich alle Punkte auf Neles Wunschzettel schon erfüllt. Eigentlich! Alles könnte so schön sein, doch ihr Freund hat andere Pläne und serviert Nele kurz vor Weihnachten einfach ab.

Während sich alle auf das anstehende Fest und das neue Jahr freuen, hat sie nur einen Wunsch: Sie will ihre Ruhe haben. Doch da hat sie die Rechnung ohne ihre Freundinnen gemacht. Die sind nämlich der Meinung, dass Nele sich die Erfüllung ihrer Träume nicht fest genug gewünscht hat, sonst hätte das Universum die Sache schon geregelt. Und so schicken sie Nele zu ihrem dreißigsten Geburtstag auf ein exklusives Motivationsseminar in weihnachtlicher Umgebung.

Doch Nele weiß, dass das Leben kein Wunschzettel ist, und das will sie auch beweisen. Genervt beschließt sie, nur deshalb bei diesem unsinnigen Seminar mitzumachen, um ihren Freundinnen und dem Universum eine Lektion zu erteilen. Aber dass ihr Motivationscoach Felix so verdammt sexy sein würde, hatte sie nicht auf dem Zettel stehen …

Weihnachtswünsche und andere Katastrophen

Wenn du deinen Freund mit dem Christkind im Bett erwischst, sind das nicht gerade die besten Voraussetzungen für eine fröhliche Weihnachtszeit ...
Marie ist sich sicher, die große Liebe gefunden zu haben. Das ändert sich allerdings, als sie wegen des Nürnberger Christkinds von ihrem Freund abserviert wird. Von Weihnachten und der Liebe hat sie erst mal die Nase voll. Perfekt, dass sie gerade jetzt den Auftrag erhält, in einem abgelegenen Bergdorf die Biografie des geheimnisvollen Herrn Klaus aufzuschreiben. Sie packt die Gelegenheit beim Schopf, um dem Weihnachtstrubel und vor allem ihrem Liebeskummer zu entfliehen. Doch statt einsamer Ruhe und Erholung wartet das Chaos auf sie, denn in der Hütte nebenan wohnt Niklas – unverschämt heiß und ziemlich verführerisch. Marie muss feststellen: Nur weil man sich vornimmt, sich nicht zu verlieben, muss das noch lange nicht klappen.

Ein wundervoller weihnachtlicher Kurzroman zum Schmunzeln, Wünschen und Wegträumen.

MEERESRAUSCHEN, SAND ZWISCHEN DEN ZEHEN, EINE PRISE SEELUFT UND JEDE MENGE HERZKLOPFEN

VERLIEB DICH IN SYLT – VERLIEB DICH IN DAS

Café mit Sylt und Zucker

Das Meer hat es mir schon immer angetan. Zu gern träume ich mich dorthin. Deswegen liebe ich es auch, Geschichten zu schreiben, die am Meer spielen.
Mit meiner Buchreihe »Café mit Sylt und Zucker« erlebst du Geschichten fürs Herz, humorvoll und mit liebenswerten Charakteren. Träume dich einfach weg und vergiss den Alltag.

Bislang sind folgende Bände erhältlich:

Band 1: Glück kommt selten allein
Band 2: Unverhofft kommt oft
Band 3: Liebe kommt vor
Band 4: Kommt Zeit, kommt Kuss
Band 5: Kein Gefühl kommt ohne Grund
Band 6: Das Beste kommt zum Schluss

Fortsetzung folgt!

EINE PRISE MEER UND GANZ VIEL LIEBE AUF DEM SYLTSEEHOF

Verliebt auf Sylt

Die unglaublich tolle Resonanz auf das »Café mit Sylt und Zucker« hat mich dazu ermutigt, eine zweite Buchreihe mit Sylter Geschichten herauszubringen. Darin geht es um einen idyllischen Hof am rauen Nordseestrand, der von der Familie Sörens bewirtschaftet wird. Natürlich gibt es auch viel Liebe, Humor und Charaktere, die man einfach ins Herz schließen muss. Lass dir ein Lächeln ins Gesicht zaubern und dein Herz im Sturm erobern – schneller als eine Flutwelle auf Sylt ...

Bislang sind folgende Bände erhältlich:
Band 1: Syltseeliebe
Band 2: Syltseeglück

Weil wir in den Sternen stehen

Das Buch unseres Lebens

Wenn das Schicksal etwas Bestimmtes mit dir vorhat, stehen die Sterne nicht nur kopf, sie leuchten auch ein bisschen heller …

Als Emilia und Raphael sich am Bahnhof zum ersten Mal flüchtig über den Weg laufen, ist ihr Plan ganz sicher nicht, ein gemeinsames Leben zu führen. Eine unbedeutende Begegnung, mehr nicht. Und doch treffen sie kurze Zeit später scheinbar zufällig schon wieder aufeinander. Emilia, die ihren ersten Roman verfassen will, kann es nicht glauben: Der nervige Nachbar mit der zu lauten Musik ist Raphael, der Kerl vom Bahnhof. Auch wenn er irgendwie witzig, frech und anziehend ist, wird er sicher keine Rolle in ihrem Leben spielen oder gar am Ende mit ihr gemeinsam Geschichte schreiben. Wenn, dann höchstens ein Kapitel. Oder vielleicht auch zwei?

Doch mit Büchern ist das so eine Sache. Wenn man einmal damit angefangen hat, sie zu schreiben, lassen sich manche Geschichten nicht so einfach beenden – schon gar nicht, wenn das Schicksal der Autor ist und längst seine Finger im Spiel hat.

Printed in Poland
by Amazon Fulfillment
Poland Sp. z o.o., Wrocław

43300714R00095